Brigitte Renard

Ignoranzallergie & Mackenwahnsinn

Hochgradig ansteckend

Alle hüpften lustig im Landhauslook über die Dielenbretter, wo früher die Schweine drauf geschissen haben. „So," rief meine Leber, „wo bleibt der versprochene Kräuterschnaps?" Ich bewegte mich auf meinen neuen Stilettos Richtung Bar, wie mein Ex, wenn er von einer sehr langen Fahrradtour vom Sattel stieg und versuchte in Richtung Haustür zu gehen. Nach dem tollen Gefühl, welches mir ganz genüsslich die Kehle runter lief, steuerten wir die fürstlichen Dixi-Klo's an. Es hing sogar ein großer Spiegel an der Wand, ob für die Schweine oder für uns, weiß ich nicht, aber den Rissen nach zu urteilen muss er schon seit ewigen Zeiten hier im Stall hängen. Na ja, sind ja auch adlige Schweine, vielleicht werden die sogar gestylt, bevor sie zum Schlachten kommen!

Als sie näher in unsere Richtung kamen, nahmen unsere Nasen einen Geruch wahr, der uns stark an Gülle erinnerte. Jetzt waren unsere Augen gefordert, sie trug einen Mantel, der nur noch aus Haaren, Flusen und Flecken bestand. Ich glaube, dieses Kleidungsstück hat sich irgendwann einmal in eine Bio-Kompost-Anlage verwandelt.

So viel Zahnlosigkeit auf einen Haufen habe ich noch nie gesehen. Die meisten bevorzugten bei ihrer Kleidung die Marke „Sammelbox Rotes Kreuz." Die Luft war geschwängert vom Rauch und den Ausdunstungen der alkoholisierten Menschen. Einige hatten wohl vor kurzem „ein Fax aus Darmstadt" versandt. Aftershave ersetzt halt kein Klopapier, und das Plagiat einer Rolex kann auch nicht dazu beitragen, die Zahnlosenliga aufzuwerten.

Unter großen Qualen versuchte ich auf die Motorhaube zu klettern, um in den Wagen zu kommen, es muss erbärmlich ausgesehen haben. Da erreichten mich die Monsterfransen samt Wassermassen erneut und droschen unbarmherzig auf mich ein. Mit den Armen hielt ich mich an den Scheibenwischern fest, und mit den Beinen ruderte ich wie Wjatscheslaw Ivanow 1956 bei der Olympiade. Leider bekam ich für meine Leistung nicht mal Bronze. Ich ging über Bord und versuchte mich vergebens hochzuhangeln, um Halt am Türgriff zu finden. Aber die widerlichen Fransen machten mir erneut einen Strich durch die Rechnung. Sie klatschten mir noch mal ordentlich einen auf den Arsch, dass ich im hohen Bogen seitlich herunterfiel.

Autorin

Die „Kieler Sprotte" Brigitte Renard, Jahrgang 1954 kommt auf den Punkt. Alltägliche Begebenheiten, mal lustig, mal nachdenklich, auch mal traurig, werden zum Thema einer Kurzgeschichte erhoben, immer mit einem Augenzwinkern. Zeitkritische Überlegungen über unsere Mitmenschen, deren teilweise absurden Handlungen und modischen Auswüchse kommen schonungslos auf den Tisch, werden breitgetreten und von mancherlei Seiten beleuchtet. Sie pflegt einen unkonventionellen Schreibstil, mit dem sie ihre Mitmenschen aus dem Hinterhalt oder direkt von gegenüber beobachtet. Sie beschreibt grobe Frechheiten genauso wie kleine niedliche Unzulänglichkeiten, dass man lachen muss und sich auch mal eine kleine Träne verkneifen wird. Dieses Buch wird Sie ganz bestimmt daran erinnern, selbst schon einmal bestimmte Situationen erlebt oder durchlebt zu haben. Brigitte Renard wohnt in Kiel an der schönen Ostseeküste, mit Tochter, Enkelsohn und zwei sehr eigenwilligen Jack-Russell Terriern aus dem Tierheim in einem Haus zusammen. Für sie ist das Schreiben zur Sucht geworden. Letztes Jahr ist eine Anthologie erschienen, in der eine wunderschöne Geschichte von ihr veröffentlich wurde.

Inhaltsverzeichnis

9. Amoklaufende Hormone
11. Ich habe dazu gelernt
17. Paulas Tagebuch*
21. Der Verfall* Paulas Tagebuch
25. Entsorgung* Paulas Tagebuch
27. Bille will Sex in der Hölle
31. Überangebot
33. Entscheidungen zwischen Hundekotbeutel und lila Löckchen
37. Putzsucht oder Vergewaltigung* Paulas Tagebuch
41. Zuhause wird nicht gepopelt
43. Webfehler im Gehirn* Paulas Tagebuch
47. Du bist heute so empfindlich
51. Adliger Kontostand
59. Schwiegermutter, mein wahr gewordener Alptraum
65. Äh Digger, isch mach disch plad!
67. Das Leben im Zeitalter der elektronischen Unterhosen
71. Stammtischgeflüster* Paulas Tagebuch
75. Wellenbewegende Ängste
89. Spureinlauf* Paulas Tagebuch
91. Omis Biochemie
95. Amys Tagebuch, oder aus der Sicht eines Hundes
111. Jetzt reichts, ich geh' da einfach nicht mehr hin!
119. Soko Zitronenpresse
123. Helga kommt heute nicht
127. Im Himmel gibt es keinen Puff
131. Heiratsschwindler mit gutem Herz
145. Auch Stützstrümpfe & Woll-Leibchen können Männer reizen
149. Der nasse Wahnsinn
155. Ernie
167. Harry & Lisbeth, oder die Kaffeefahrt auf der Autobahn

Danksagung

Oft reicht ein einziger Moment, um das Leben aus dem Gleichgewicht zu bringen. Ich fing an, mir alles von der Seele zu schreiben, bis ich irgendwann merkte, dass das Schreiben für mich zur Sucht wurde. Ganz herzlich möchte ich „DANKE" sagen zu den Menschen, die mich ermuntert haben, diese Geschichten zu einem Buch zusammen zu fassen. Da wären;

Dr. Herbold,
der mich in einem kritischen Abschnitt meines Lebens immer wieder voll des Lobes ermutigte weiter zu schreiben. Er gab mir jede Menge Selbstvertrauen, gab mir Kraft und stärkte mir den Rücken,

meine Tochter Dany,
die am meisten über meine Geschichten lachen kann, mir aber auch mit kritischen Kommentaren ehrlich zur Seite stand und mich technisch hinsichtlich des Buchaufbaus sehr unterstützte,

mein Mann Bernd,
der größte Kritiker. Er nannte mir ohne Bewertung meine Schwachstellen,

meine Mutter Margot Müller,
sie entwarf einige Titel und unterstützte mich in jeder Hinsicht,

meinem Ex-Schwager Michael Benz, der dieses Werk redigiert und mir mit seiner konstruktiven Kritik sehr geholfen hat.

Und „nein" Micha, ich war nie sauer;-)

Vorwort

Warum können wir nicht einander großzügig und liebevoll behandeln und jedem Menschen mit Respekt begegnen?
Die Welt hat sich verändert, nicht gerade zum Besseren!
Der Zusammenhalt ist meiner Meinung nach verloren gegangen. Höflichkeitsformen sind nicht mehr an der Tagesordnung. Ein höfliches „Guten Tag," „Auf Wiedersehen," „Danke" oder „Bitte" haben Seltenheitswert bekommen. Egoismus zieht sich durch alle Schichten. Diese Thematik beschäftigt mich schon lange und inspirierte mich dann, kleine, hoffentlich erheiternde Geschichten zu verfassen.
Stoff genug lieferte mir ja jeder neue Tag, ob im Supermarkt, im Cafe, im Wartezimmer, auf Veranstaltungen oder sonstwo.
„Das Leben ist einfach zu kurz," und deshalb lasse ich es nicht zu, dass einige Mitmenschen durch ihr Verhalten meinen Tag versauen. So schrieb ich los und es begeisterte mich immer wieder, wie einfach es doch ist, irgendwelchen „dummen" und „ärgerlichen" Erlebnissen mit etwas Witz eine ganz andere Dynamik zu geben!
Übrigens: Das Schreiben half mir, viel gelassener mit bestimmten Situationen umzugehen. Vielleicht ja auch Ihnen...?
Und es bringt so viel Spaß, den ich jetzt mit diesem Buch gerne an Sie weiter geben möchte!

Amoklaufende Hormone

Letzte Woche meinte meine Mutter, sie müsse ihre Nieren mal beim Urologen vorstellen. Es ginge denen nicht gut. Da es sich mir aber als ziemlich unwahrscheinlich erschließt, nur mit den Nieren zum Arzt zu fahren, habe ich meine ganze Mutter hingebracht. Nach dem endlos erscheinenden Anmeldeprozedere und etlichen Deltaroller Anfahrattacken über die Füße anderer Patienten, landeten wir dann endlich im Wartezimmer. Als ich wieder durchatmen konnte und meine Jacke auszog, sprangen fünf Männer gleichzeitig vom Stuhl, um mir zu helfen. Das kam in meiner momentanen Stimmung nicht so besonders gut an. Meine Güte, wie alt und gebrechlich werde ich denn hier eingestuft? Noch bin ich selbst in der Lage meine Jacke alleine auszuziehen und an den Garderobenhaken zuhängen. Bin ja schließlich erst neunundfünfzig Jahre alt. Das es nur aus reiner Höflichkeit geschah, kam mir gar nicht in den Sinn. Ich demonstrierte es dann auch ziemlich harsch. So stürmten dann alle Grauschöpfe von mir völlig demoralisiert wieder zurück auf ihre Plätze.

Endlich hatte ich Zeit, mir das Wartezimmer mal genauer unter die Lupe zunehmen, meine Mutter und ich waren die einzigen weiblichen Wesen unter zwölf Gestalten männlichen Geschlechts ab sechzig aufwärts. An der Wand hing ein überdimensionaler Bildschirm und klärte uns über die Entstehung von Prostatakrebs auf. Alle Blicke zielten peinlich berührt zu den so klaren und deutlichen Bildern eines nackten Mannes in einer Größe von mindestens hundertfünfunddreißiger Diagonale hin. Full HD gestochen scharf. Bei Prostata Beschwerden früh handeln. Je früher etwas dagegen getan wird, desto besser; teilte uns eine angenehme weibliche Stimme mit. Viele Männer haben mit zunehmendem Alter Probleme beim Wasserlassen. Trotz starken Harndrangs - gerade auch nachts - tropft es auf der Toilette nur schwach. Ursache der Beschwerden kann eine gutartige Vergrößerung der Vorsteherdrüse (Prostata) sein. Jeder Zweite über sechzig ist betroffen. Häufiger Harndrang, vermehrtes nächtliches Wasserlassen, unvermittelt auftretender, imperativer Harndrang, Schmerzen beim Wasser lassen, Restharn - Gefühl, und Inkontinenz. Plötzlich erschien auf dem Monitor ein älterer Herr der fröhlich seinen Deltaroller aus der Apotheke schob. Im Korb lagen jede Menge Pakete mit Inkontinenz-Windeln. Mit drohendem Unterton erklang aus dem Hintergrund, „wollen sie es etwa so weit kommenlassen, holen sie sich bitte rechtzeitig einen Termin bei ihrem Urologen." Oh Gott, wie unangenehm, keiner wusste wohin mit seinen Blicken, und fast alle verdeckten automatisch mit ihren Händen das gewisse männliche Teil.

Das urologische Programm ging weiter, jetzt war die Prostata Op. an der Reihe. Wenn ich mich nicht gewaltig getäuscht habe, dann verzogen doch einige der Herren im Wartezimmer schmerzvoll ihr Gesicht. Die angenehme Moderatorinnen-Stimme klärte weiter auf; der Großteil der Männer, denen die Prostata entfernt wird, hofft darauf, nach der Operation noch Sex haben zu können, das die Erektion noch erhalten bleibt, nachdem die Vorsteherdrüse herausgeschnitten wurde. Jetzt vernahm ich aber wirklich kleine Jammerlaute. Langsam wagte ich mein Blick in die Runde schweifen zulassen, oh, oh das sah gar nicht gut aus. Die Gesichter sprachen Bände. Sie drückten Peinlichkeit, Demut, Entmannung und Schmerzen aus. Eine unvorstellbar peinliche Situation. Sie hatten sicherlich das Gefühl, der Grund ihres Arztbesuches lege hier wie auf einem Präsentierteller. Wenn ich es mir andersherum vorstelle, zwölf Männer und zwei Frauen beim Gynäkologen und es liefe ein Film über den Libido Verlust und der Inkontinenz nach einer Total-Operation und die weiblichen Geschlechtsorgane legen wie auf dem Präsentierteller ausgebreitet auf einem Bildschirm von einer hundertfünfunddreißiger Diagonale.. Na schön Dank auch, ich würde das Wartezimmer aber fluchtartig verlassen.

Ich muss schon sagen, ihr Männer haltet euch ganz schön tapfer. Kein Wunder, das alle aufgesprungen sind und mir aus dem Mantel helfen wollten, so musste doch zumindest gezeigt werden, dass ihr durchaus noch Mann genug seid, und so ein Prostataleiden für euch noch lange kein Untergang der Männerwelt bedeutet.

Ich habe dazu gelernt

Meine Schwester Gabriela, Töchterchen Nana und ich gingen heute mal wieder unserer Lieblingsbeschäftigung nach, „Shoppen". Nach etlichen Stunden, fragte meine Tochter mal ganz vorsichtig nach, ob wir nicht eventuell bald mal Appetit auf den Chinamann hätten. „Klar, sagte Gabriela, das machen wir jetzt!" Schnell wurden alle Einkaufstüten im Kofferraum verstaut und ab ging es per Pedes zum Suschi essen. Von weitem sahen wir schon, dass es sehr voll war. Vor dem Eingang standen drei Frauen oder besser gesagt, merkwürdige Gestalten und saugten wie ein Säugling an der Brust an ihren Zigaretten. Die Jüngere hatte Haare, nein, eigentlich hatte sie kaum welche, auf jeden Fall waren die letzten Haare, die sie noch besaß, ganz stramm nach hinten zum Pferdeschwanz gebunden. Die Farbe ging in Richtung eines raus gewaschenen Orange. Die ältere „Dame" schmückte eine Kurzhaar Frisur. Irgendwie schien ihr Friseur in den Achtzigern stehen geblieben zu sein. Wie gut das es Haarspray gibt, so konnte man dem spärlichen kurzen Haar gut Halt geben. Wahrscheinlich wurde hier ganz frisch gefärbt. Rot und orange, leider die Schläfen und Ohren gleich mit. Das sah schon sehr lustig aus. Die Dritte im Bunde hatte eine „bezaubernde" Dauerwelle, leider hat da wohl der Kurzzeitwecker nicht rechtzeitig geklingelt. Eine Katastrophe. So sahen meine Wollsocken aus, wenn ich sie aus Versehen auf neunzig Grad gekocht habe. Alle drei trugen den gleichen Lippenstift, rubinrot. Passte unheimlich gut zu den gelben oder fehlenden Zähnen. Die Garderobe war eine Zumutung fürs Auge, zu eng, zu kurz, leicht entflammbares Material, wahrscheinlich gleich mit eingebautem Feuerlöscher. Es sind mit Abstand die hässlichsten Frauen, die ich je gesehen habe. Eigentlich müssten sie T-Shirts mit der Aufschrift; „Jeder hat das Recht auf seine Schönheitsfehler, es lebe die Geschmacklosigkeit", herumlaufen.
Aber einen Vorteil uns gegenüber hatten sie alle drei, unheimliches Selbstbewusstsein. Da arbeiten wir nämlich noch dran. Sie fanden sich ganz, ganz, toll.

Gabriela meinte, „lass uns mal schnell reingehen, vielleicht haben wir ja Glück und finden noch eine ruhige Ecke!" Wir gingen nach ganz hinten durch in den letzten Raum und hatten Glück, wir waren ganz alleine. Prima, dann können wir uns ja endlich in Ruhe unterhalten. Das wurde uns aber nicht vergönnt, es erschienen auf der Bildfläche die Plastik-Models aus dem Hartz vier Programm, gefolgt von mehreren Kindern, Männern und als krönender Abschluss eine mega-dicke Braut, die von einem Hänfling an zwei Krücken begleitet wurde. Der ganze Raum war frei, aber nein, wir hatten scheinst das Glück gepachtet, sie setzten sich direkt neben uns an den großen runden Tisch, um mit ihrer Anwesenheit unsere nette Atmosphäre zu verderben.

Jetzt hatte ich ne' günstigere Perspektive als vor der Tür, ich saß der illustren Runde so dicht gegenüber, dass ich mit meinen phantastischen Augen und nur wenig Fantasie die Haare in ihren Ohren erkennen konnte. Dass es sich um eine Braut handelte, erkannte man nur am Blumenstrauß. Das Kleid war weinrot und glänzte. Um den Ausschnitt herum befanden sich mehrere runde Löcher, im Durchschnitt von ca. zehn cm. Vermutlich wurde es aus einem Duschvorhang genäht. Es war tief ausgeschnitten und unheimlich zerknittert. Entweder hatte sie kurz vor der Trauung noch Sex und das Kleid vergessen auszuziehen, oder sie hat es gewaschen und zu lange geschleudert. Aber sie hielt es während sie ging, hoch, wie ein echtes Haute Couture Brautkleid, und trug es mit Würde. Die Hochzeitsfrisur war die Krönung. Sie hatte die gleiche Farbe, wie die anderen Frauen. Gerade fällt mir auf, dass alle die gleiche Haarfarbe haben, ob Mann oder Frau. Wollen die sich solidarisch erklären, oder stand die Farbe bei dem Friseur seit neunzehnhundertachtzig im Regal und war bereits abgelaufen? Ich werde es wohl nie erfahren. Zurück zur Hochzeitsfrisur. Eine total daneben gegangene Dauerwelle schmückte ihr Haupt. Aus Verzweiflung, um wohl noch etwas zu retten, drehten sie der Braut Korkenzieherlocken aus dem restlichen Filzhaufen. Die fingen aber erst hinter dem Pony an, weil der komplett versengelt war. Irgendwie habe ich so etwas schon mal auf einem Flohmarkt gesehen, an einer alten Porzellanpuppe, deren Perücke mit einer Nagelschere von kleinen Kindern malträtiert wurde. Mit ein wenig Gel sollte der ganzen

Pracht wohl noch etwas Glanz ins Haar gezaubert werden. Leider hat da wohl jemand ganz gefährlich den Tiegel vertauscht. Es stank bestialisch nach Pferdesalbe und sah nur verklebt und stumpf aus. Um es noch ein wenig festlich aussehen zulassen, bekam die Braut eine riesige Blüte auf den Kopf gesetzt, so das die Augen halb mit verdeckt waren. Befestigt wurde diese ganze Kreation mit einem dicken Gummiband, was so stramm unter dem Kinn saß, das ihre Nase fast zwischen den Backen verschwand und was von ihrem dicken Gesicht übrig blieb, wie ein zusammengepresster Arsch aussah. Unter ihrem fetten Kinn entdeckte ich drei riesige Leberflecke, aus denen schöne dicke Borsten in Übergröße heranwuchsen. Mit jeder Mundbewegung, verschwanden sie in der Falte des Doppelkinns. Es war ein Kommen und Gehen. Mich erinnerte es total an ein kleines Fischerboot, das bei starkem Sturm zwischen den Wellen verschwindet und immer wieder auftaucht. Plötzlich erhebt sich der Bräutigam, um eine Rede zuhalten, zwischendurch bückte er sich immer wieder zu seiner Frau herunter um ihre Hand zu küssen. Es sah aus unserer Perspektive aus, wie ein Huhn, das nach seinen Körnern pickt. Der Bräutigam bedankte sich bei allen Leuten, dass sie gekommen sind und ihn so tatkräftig bei den Behördengängen und den Hochzeitsvorbereitungen unterstützt haben. Frage mich gerade, was die wohl großartig vorbereitet haben. Für mich sehen alle aus, als wären sie gerade aufgestanden, oder von der Arbeit auf dem Kartoffelfeld gekommen. Die Männer trugen alle schmutzige Turnschuhe, kunterbunte Flanellhemden und befleckte blank gescheuerte Jeans. Selbst die Kinder stanken nach vollgemachten Hosen und sahen aus, als hätten sie gerade einen Schokoladenkuchen gebacken und anschließend verzehrt. Zurück zum Bräutigam. Er meinte, es legen viele Wochen der Anstrengung hinter ihm, aber da er ja im Moment ohnehin keine Arbeit hätte, sei es ja alles zu schaffen gewesen. Leider hatte er zwischendurch noch ne' Prügelei mit seinem Bewährungshelfer und hob demonstrativ die Krücken hoch, aber bei seiner Vorfreude auf dieses Fest, wäre alles halb so schlimm. Nur traurig, dass er nun gleich nach der Hochzeit in den Knast müsse, dass belastet ihn doch schon sehr. Inzwischen heulte die halbe Verwandtschaft. Des weiteren bat er die Gäste, nach seiner Rede zum Büffet zu gehen und sich voll-

zustopfen damit es sich auch lohne. In dem Moment hielt seine dicke Frau triumphierend eine große Tupperschüssel hoch und erfreute sich ihrer Intelligenz. Alle klatschten in die Hände und meinten, „eh, super Idee!" Der Bräutigam blickte voller Stolz auf seine Frau. Ich hätte kotzen können. „Ja, meinte er, mit Irina hab' ich schon das große Los gezogen, die ist auf Zack, von nix kommt nix!" Zwischendurch wurden immer heimlich die Flachmänner rumgereicht. Zu trinken bestellten sie sich natürlich nichts, die No Name Cola und gelbe Brause steckten ja schließlich in der Sportkarre unter der Decke. Ich weiß nicht, ob es Dummheit war, indem sie annahmen nicht entdeckt zu werden, oder waren sie einfach nur dreist? Jedenfalls gingen die Flaschen ständig ringsum. Es war einfach ekelhaft. Weiter ging die Rede mit; „Danke Mami, Danke Papi, für das große Geldgeschenk! Auch das ihr immer für uns da seid, zum Kinder hüten usw.!" Zum Schluss seiner Lobrede schaute er sein Monsterweib ganz verliebt an; dabei trommelte er ständig, mit seinen langen fiesen spitz zulaufenden Fingernägel auf die Tischplatte. Mich erinnerten die an kleine Nager, die flink auf dem Boden hin und herlaufen. Dabei leckte er sich mit seiner langen dünnen Zunge, wie ein Aal der in der Pfanne zappelt, nervös über seine Lippen. Jetzt erklang der unglaublichste Satz in seiner Rede, „Schatz, ich liebe dich über alles und danke Gott dafür, dass er mir diese wunderschöne Frau geschenkt hat!" Mir fiel sofort das Besteck aus der Hand und ich sagte ganz intuitiv, „das ist eine Lüge!" Nana und Gabriela waren schon seit Minuten so geschockt, dass sie nicht mal lachen konnten, aber bei diesem Satz, holten sie alles nach. Alle schauten zu uns rüber und verteilten bitterböse Blicke. Ich dachte nur an die Bewährungsstrafe und das es auf eine kriminelle Ausschreitung mehr oder weniger auch nicht mehr ankam. In mir machte sich die Panik breit, es ging dann auch ziemlich schnell mit bitterbösen Kommentaren los. Wir seien asozial, Modepüppchen und hätten nichts in der Birne. Wir sollten mal die Fresse halten, sonst bekämen wir sie mal ganz schnell poliert.
Wir beschlossen diese nette Hochzeitsgesellschaft ganz schnell alleine zu lassen, damit sie unter ihresgleichen weiter feiern konnten. Als ich abends im Bett lag ging mir dieser Auftritt nicht mehr aus dem Kopf. Wenn ich ehrlich bin, beschäftigte ich mich bereits den

ganzen Nachmittag damit. Irgendwie tat es mir leid, dass mir dieser Satz heraus gerutscht ist. Ich, bzw. wir hatten nicht das Recht, über diese Menschen zu urteilen. Sie hatten uns ja nichts getan, erst durch meine Äußerung wurde gepöbelt. Warum sind wir so? Warum lachen und verurteilen wir diese Art Menschen? Wer sagt uns, dass ihr Aufzug, ihre Klamotte nicht stilgerecht ist? Wer hat darüber zu befinden, ob seine Frau hässlich ist? Wieso maßen wir uns an, zu sagen, dass diese Menschen nicht der Norm entsprechen? Warum grenzen wir sie aus? Warum finden wir es widerlich, dass sie nur gelbe Brause, No Name Cola und fettiges Frittiertes verzehren? Warum bekommen wir eine Gänsehaut, wenn man ihnen beim Essen zusieht wie sie Messer und Gabel halten? Was bedeutet eigentlich nicht der Norm zu entsprechen? Wer sagt uns, was richtig und falsch ist? Nur weil vielleicht von hundert Menschen, achtzig das Besteck anders halten oder von hundert, siebzig glatt gekämmt sind, heißt es ja noch lange nicht, dass es so richtig ist, und es alle machen müssen. Vielleicht sind die Achtzig oder die Siebzig ja nicht normal! Es liegt immer im Auge des Betrachters. Nur weil wir nach Statistiken leben, und in ein Schema gepresst werden, muss es ja nicht richtig sein. Wir fanden die Braut entsetzlich und absolut hässlich, aber für ihn war sie die Schönste und bezauberndste Frau auf Gottes Erdboden. Alle waren zufrieden und glücklich. Sie gingen sehr höflich miteinander um. Auch die Worte an seine Eltern, Geschwister, Freunde und Schwiegereltern waren nur voll des Dankes und Lobes. Der Zusammenhalt in dieser Gemeinschaft, war groß, das war offensichtlich zu erkennen. Ich kann nicht auf so etwas in meiner Familie zurück blicken. So etwas gibt es bei uns nicht. Nur Stress, Streit, Missgunst und Getratsche. Unsere Eltern waren nie für uns da. Eigentlich gefiel mir der Gedanke, diese Familie zu beneiden. Sie hatten ihre eigene Welt, ihre eigene Familien-Politik und strahlten große Harmonie aus. Ich kehrte die Situation um, wenn wir mal die kriminelle Ader des Schwiegersohnes und den sehr speziellen Verzehr ihrer mitgebrachten Getränke außen vor lassen, so schnitten sie besser ab, als wir. Einer für alle, alle für einen.
In ihrer kleinen Welt war alles so in Ordnung, wie es war.

Es werden hier bestimmt nicht tausend Gedanken vergeudet, über das, was andere Denken.

Ich habe dazugelernt;
In so kurzer Zeit können Menschen, von denen wir es nie erwartet bzw. geglaubt haben, zu rettenden Engeln werden. Die Worte die sie sich entgegen brachten, wie sie mit einander umgingen, waren so entscheidend für mich, wie die Frage nach dem Leben oder Tod! Ich, für mich, habe entschieden einiges zu ändern und dafür Danke ich dieser Familie.

Paulas Tagebuch

Wenn meine Freundin mich anrief, fragte ich als erstes, „na Paula, was gibt es denn heute wieder über deine tollen Nachbarn zu berichten?" Sie sprudelte los, ohne Punkt und Komma, am Ende hatte ich berechtigte Ängste sie würde hyperventilieren. Wie gerne hätte ich mit einer Plastiktüte bewaffnet neben ihr gesessen. Es gab nur ein klitzekleines Problem; wir wohnen hundert Kilometer voneinander entfernt.
Paula hatte sich eine traumhafte Eigentumswohnung gekauft, drei Minuten von der Ostsee und mehreren Segelhäfen entfernt. Auf der Sonnenseite der Kieler Förde. Schon am Tag des Einzugs kamen wir alle in den Genuss, die außergewöhnliche Art ihrer Obermieter kennenzulernen. Der Umzug war getan, wir saßen vergnügt bei einem Bier und leckerem Essen auf der Terrasse um den Tisch herum, als von oben leere Plastiktöpfe und Erde herunterfielen. Unser gemütliches Beisammensein war erstmal auf Eis gelegt. David, Paulas Freund, stand auf und bewegte sich Richtung Garten, um nach oben zu schauen, da regnete es erneut jede Menge Erde und Äste herunter. Wir riefen alle durcheinander, „aufhören, der ganze Dreck fällt auf unser Essen," aber alles Schreien half nichts. „Kommen Sie doch bitte mal runter auf unsere Terrasse, um sich selbst ein Bild von dieser Sauerei zu machen." Wir warteten. Nichts geschah! Doch etwas geschah schon, denn es rieselte immer weiter auf unsere Köpfe, dieses Mal wurden wir mit Wasser und Erde bombardiert. Paula und David liefen nach oben und klingelten. Nichts rührte sich! Sie klingelten erneut. Endlich bewegte sich jemand Richtung Haustür, es wurde sogar geöffnet. Im Rahmen stand ein dürrer Mann, sein Gesicht erinnerte David an ein Schweinefilet, was zu lange in Cola gelegen hatte, an den Augen hingen zahlreiche dicke Cholesterinablagerungen. Auf seinem Haupt wellten sich jede Menge Schnittlauchlocken. Der Rasierapparat war anscheinend zur Inspektion. Sie baten ihn „*noch*" sehr freundlich zu uns herunter, aber, er rührte sich nicht von der Stelle, stand nur grinsend und Schulter zuckend vor ihnen. Mit einem borniertem Blick taxierte er die beiden von oben bis unten. Man könnte

auch sagen, er sah gelangweilt durch sie hindurch. Kein Wort entsprang seinen Lippen. Auch Paula und David waren mittlerweile sprachlos. So standen sie sich einige Minuten gegenüber, als mit einem „sonst noch was" die Tür zugeschlagen wurde. Immer noch wartend, das etwas passiert, vielleicht eine klitzekleine Entschuldigung oder; „Wir machen den Dreck gleich weg", setzten meine Freunde sich auf den Treppenabsatz. Als nach zehn Minuten die Tür immer noch geschlossen blieb, kamen sie wieder zurück auf die Terrasse. Wir packten alle mit an, warfen das gesamte Essen in den Müll, reinigten das Geschirr, sämtliche Gartenmöbel und die Terrasse. Paula stellte uns allen ein schönes kaltes Bier hin und meinte, wir sollten uns jetzt erst einmal runterfahren. Wir haben uns alle dermaßen aufgeregt, sind einfach fassungslos über dieses Verhalten. David meinte, er hätte eine Gänsehaut bekommen, als er dem Typen oben gegenüber stand, so stelle er sich einen Psychopathen vor. Paula hatte genau die gleichen Gedanken, sie musste sofort an Zwangsjacken denken, an Psychopathen, die im Klinikpark Walzer tanzen. „Oh Gott, wie das wohl noch endet, eine Prognose wage ich gar nicht zu stellen, bemerkte sie mit ganz zaghafter Stimme! „Vielleicht hatten die beiden über dir ja nur einen schlechten Tag, vielleicht gefielen ihm die Blumen nicht, die seine Frau in die Balkonkästen gepflanzt hat. Vielleicht stehen sie beide morgen mit einem Blumenstrauß vor deiner Tür." Vielleicht, vielleicht, jede Menge netter Aufmunterungen flossen am Tisch. Insgeheim hofften David und Paula wohl auch, dass noch irgendetwas in diese Richtung gehend passieren würde. Aber darauf konnten sie lange hoffen, das war erst der Beginn einer „wunderbaren Feindschaft."
Drei Jahre hielt Paula es durch, ihr Freund war inzwischen ausgezogen. Sie selbst verbrachte mehr Zeit bei ihren Ärzten als zu Hause. Meine liebe Freundin war durch Familie Radikalinski (so nannten wir sie seit einiger Zeit) ein menschliches Wrack geworden. Im Moment war sie die beste Patientin ihres Psychologen. Wir, das heißt unsere Clique, treffen uns einmal in der Woche, um sie ein wenig aufzuheitern und ihr Beistand zugeben.
Als Paula nach drei Jahren auszog, legte sie mir ganz feierlich ihr Tagebuch in die Hände mit der Bitte, es doch einmal durchzulesen, um schwarz auf weiß sehen zu können, wozu Menschen fähig sind.

Das tat ich noch am selben Abend bis tief in die Nacht hinein. Ich war zutiefst betroffen, was hatte meine kleine Paula nur durchgemacht! Was sind das für Menschen! Haben beide studiert, haben sich den Beruf des Arztes ausgewählt, wollen anderen Menschen helfen! Mir fehlen die Worte. Nur einen Bruchteil dieser Aufzeichnungen hat sie uns erzählt, ich bin entsetzt. Beziehung kaputt, suizidgefährdet durch erhebliches Schlafdefizit, Herzrhythmusstörungen, Trigeminusneuralgie, Gürtelrose und, und, und!
Heute lebt Paula in einer kleinen hübschen Wohnung an der Alster, umgeben von Wiesen, mit sehr netten Nachbarn. Vor einigen Wochen hat sie einem ganz süßen kleinen Hund ein neues Zuhause gegeben, das ist zurzeit die beste Therapie.
Und ich habe beschlossen, einige Auszüge aus ihrem Tagebuch, in meinem Buch zu integrieren.

Der Teufel hat die Welt verlassen,
weil er weiß, dass die Menschen selbst
einander die Hölle heiß machen.

Friedrich Rückert

Wenn ein Mensch den Mund hält und einfach weiter geht,
bedeutet es nicht gleich,
das der andere gewonnen hat.
Manchmal bedeutet es einfach nur,
dass man seine Energie nicht verschwenden möchte.
Denn einige Menschen möchten einfach nicht zuhören,
und glauben immer alles besser zu wissen!

Elmar Rassi

Der Verfall

Wie ich bereits erwähnte, lebe ich seit fast drei Jahren hier in dieser wunderschönen Wohnung am blauen Meer und an einem der schönsten Segelhäfen, die es gibt. Leider bin ich, wie ich ja schon andeutete, gezwungen, nach so kurzer Zeit mein Zuhause wieder zu verlassen. Nachdem ich mit meinen eigenen Händen und dank Unterstützung meiner Familie und Freunde alles wunderschön renoviert hatte, den Garten neu angelegt, die Bäder neu gestaltet und endlich meine "Rosamunde Pilcher"- Küche eingerichtet hatte, stellte ich fest, dass die Familie über mir so lebte, als sei sie allein in einem großen Haus, ohne Nachbarn. In meinen ganzen fünfundvierzig Jahren auf der Welt erlebte ich nie eine so große Rücksichtslosigkeit. Während ich mit Tränen in den Augen, von Umzugskartons und vielen schönen Dingen umringt, auf dem Boden saß, welche ich im Laufe meines Lebens mit viel Liebe und auch viel Kraft zusammengetragen hatte, überkam mich das Gefühl, dass nun der richtige Zeitpunkt gekommen sei, meine Erlebnisse, die ich in einem Tagebuch zusammengefasst hatte, was mir seit Monaten, während ich in diesem Haus und auch in diesem Ort wohnte, erlebt habe, meiner Freundin zu geben. Sie schreibt gerade an einer Anthologie Geschichten aus dem Leben, Geschichten über Gedanken und Gefühle, die den Menschen bewegen. Vielleicht kann sie es gut in ihrem Buch verwenden.
Ich glaube, ich sollte noch mal die Menge meiner Umzugskartons überdenken, oder mich radikal von vielen Dingen trennen, und mich ganz schnell vom Konsumüberfluss befreien. Ich schäme mich in diesem Moment, in welchem Überfluss ich hier lebe. Mir ist jetzt erst richtig bewusst geworden, was ich alles besitze. Gehöre ich auch schon zu dem überzüchteten Haufen Leute, die hier leben?
Warum besitze ich zwanzig Nagellacke, fünfzehn Lippenstifte, acht Wimpernroller, fünfundfünfzig paar Schuhe, fünf Regenjacken, zweiundzwanzig Handtaschen, wofür brauche ich zwanzig Pullover, zwölf Jeans, mehr als hundertfünfzig Bekleidungsstücke.

Welches Alter maße ich mir eigentlich an? Um diesen Luxus auftragen zu können, müsste ich mindestens zweihundert Jahre alt werden. Bettwäsche, mit der ich eine kleine Pension ausstatten könnte, Wolldecken für die Couch, für das Gästezimmer und für jeden Liegestuhl im Garten. Auch in der Küche sieht es nicht anders aus, fünfzehn verschiedene Sorten Tee, Cappuccino, Latte Macchiato, Espresso, normaler Kaffee, Kakao, brauner Zucker, weißer Zucker, Süßstoff. Tausend Grillsaucen im Kühlschrank, verschiedene Öle zum Backen, Braten, Salate anrichten. Mein Gewürzschrank kann leicht mit einer Vier-Sterne-Küche mithalten. Schränke voll gestopft mit Gläsern und Geschirr für jeden Tag, für besondere Anlässe, für den Garten, extra für den Geschirrspüler oder für die Handwäsche. Fernseher im Wohnzimmer, im Schlafzimmer, im Gästezimmer. Der Keller und Boden bis unter das Dach gefüllt mit Dingen, die man nicht mehr braucht, noch nie gebraucht hat, oder im Rausch des unendlich großen Angebotes der Medien gekauft bzw. sich verkauft hat. Waschmittel für Koch- Bunt-Woll- oder Feinwäsche, dunkle, helle Wäsche, Weichspüler mit Jasmin, Vanille, Rose, Meer, Frühling und tausend anderen Duftrichtungen und für jeden Fleck den passenden Fleckenteufel. Auch der erweiterte Freundes- und Bekanntenkreis müsste dringend wieder auf ein Minimum reduziert werden. Mir kommt ein Zitat meines Vaters in den Sinn:
„Umgebe dich nur mit Menschen, die gut für dich sind!"
Um mich herum steht ein Cabrio neben dem anderen, wer hier kein Golf spielt, ist nicht anerkannt in der „Hotte vo Kotze," (Haute Volee) aber durch einen dummen Zufall, der irrtümlicherweise in meinem Briefkasten landete und den ich aus Versehen öffnete, erfuhr ich, dass gerade bei denen, die ihre Nase am höchsten tragen, mehr Schein als Sein das Motto ist. Es gibt natürlich auch Nachbarn, die viel Geld besitzen, oft verreisen, aber keinen Arsch in der Hose haben: die sogenannten Opportunisten! Immer nett sind, solange man bei einem Gespräch dabei ist, schleimscheißerig, wie sagt man so schön, wie der Wind sich dreht. Menschen, die mit Herrn Meier und Frau Schulze nichts anfangen können, erst ab „Frau Doktor" und „Herr Professor," da wird dann schon mal der „Hofknicks" wieder eingeführt und das Partizipieren an dieser Ge-

sellschaftsschicht lässt so manches nicht vorhandenes Selbstwertgefühl wieder zu Neuem erblühen. Frau Kugelmann (ich nenne sie auch unsere Concierge), eine meiner Nachbarinnen könnte ich wohl so einordnen. Sie gehört zu den Leuten, die sich mit einem freundlichen Lächeln „ihren" Bräter leihen, um „die Ente" darin zu braten, die sie „ihnen" kurz vorher gestohlen hat. Sie ist hinterlistig, geheimniskrämerisch, honigsüß, oberflächlich, intrigant, feige und opportunistisch. Sie tut, als sei sie mir wohl gesonnen, tröstet und nimmt mich in den Arm, hinsichtlich Familie Radikalinski, und hinterm Rücken stößt sie mir das bekannte Messer in denselben. Herr Kugelmann würde ich als so genanntes Weichei bezeichnen. Er ist so mutig wie ein Hase. Auch äußert er gerne „seine" Meinung, wenn er herausgefunden hat, wie „ich" denke. Weicheier fehlt es an Rückgrat und Mut. Deshalb hat er sich auch aus allem heraus gehalten und ist wie ein Schleicher von dannen gezogen, wenn es mal brenzlig wurde. Er vermeidet jegliche Konfrontation! Meine ganz spezielle Obermieterin, Frau Rosenkötter, würde ich in die Kategorie „Trampel" und ein klein wenig selbst zerstörerisch einordnen. Nachdenken bedeutet für sie, dass sie erst „danach" anfängt zu denken. Während unserer höchstens fünf Gespräche, die wir hatten, stellte ich ganz schnell fest, dass sie nur wenig sagte, aber was sie sagte weder Hand noch Fuß hatte. Sie ist unsensibel, grob, enervierend, unverschämt, rechthaberisch und sozial ungeschickt. Man könnte meinen, sie sei auf der Stufe einer Fünfjährigen, der die Gefühle ihrer Mitmenschen noch nicht bewusst sind. Auch wenn sie überdurchschnittlich gut in ihrem Beruf als HNO-Ärztin ist, mangelt es ihr an Respekt und Höflichkeit. Sie kann sich nicht äußern und sagt sehr seltsame Dinge. Auf meine Frage hin, ob es über mir bitte auch mal ohne Krach abgehen könne, antwortete sie „ich habe nur gelegen und geschlafen, sprechen sie mit meinem Mann", drehte sich um und ging zitternd davon. Aber Trampel sind dafür bekannt, dass sie oft seltsame Dinge sagen. Ihre selbst zerstörerische Art erklärt sich durch die Opferhaltung ihres Lebensgefährten gegenüber. Sie lässt sich ständig niedermachen. Abends bis spät in die Nacht, wird sie auf schamloseste Weise verbal klein gemacht. Und trotzdem versorgt sie ständig seinen Besuch. Schleppt Essen und Getränke an und putzt bis spät in die

Nacht. Am nächsten Morgen fährt sie wieder mit ihm gemeinsam im Auto zur Arbeit, als sei nichts geschehen, verdeckt durch eine große Sonnenbrille bei minus zehn Grad und Regenwolken. Zu guter letzt noch einige Worte über Herrn Radikalinsky, Frau Rosenkötters Ehegefährten. Nennen wir ihn den „Tyrann" im emotionalen Eisbeutel. Er hat das Temperament eines feucht gewordenen Windbeutels oder eines geplatzten Luftballons. Er ist oder wirkt auf mich distanziert, gefühllos, verschlossen, grimmig, unheimlich, unkommunikativ, unberechenbar, gleichgültig! Wenn ich ihm begegne, weiß ich nicht, was er fühlt oder was er denkt. Seine Haltung und Körpersprache wirken auf mich völlig ausdruckslos. Ich kann nicht erkennen, ob er wütend, traurig oder missgelaunt ist. Sein Gesichtsausdruck ist ständig mürrisch und abweisend. Ich vermute, er benutzt sein eisiges Schweigen, um Menschen zu manipulieren und um sie einzuschüchtern. Wenn er mir begegnet, verlangsamt er seinen Gang und sieht mir eiskalt direkt ins Gesicht. Es bereitet ihm Spaß, mich zu provozieren und dabei zu beobachten, wie ich mich fühle. Leute, die ihn nicht interessieren, werden so von ihm behandelt bzw. einfach nicht wahrgenommen. Das gibt ihm wahrscheinlich das Gefühl, eine Macht über uns zu besitzen. Würde er sich mir mitteilen oder in irgendeiner Weise auf mich eingehen, würde ihm diese Macht entzogen werden. Er genießt es, wie manche Menschen sich unwohl in seiner Nähe fühlen. In seinem Beruf als Internist (weiß ich nur von Frau Kugelmann) hat er offensichtlich Erfolg. In Bezug auf Frau Rosenkötter weist er ganz andere Verhaltensmuster auf. Da kann er sich nicht großartig genug fühlen, wenn er sie durch Latrinenparolen klein machen kann. Ihre Unterlegenheit oder Abhängigkeit gibt ihm das Gefühl der Überlegenheit, welche er wohl sicherlich über Jahre hinweg nicht bekommen hat. Aus seinen „Parolen" hört man ganz deutlich heraus, dass er Frau Rosenkötter das Gefühl gibt, ein Stück Dreck zu sein, indem er sie oft spüren lässt, nicht den Kriterien zu genügen, zur Spezies Mensch zu gehören. So nimmt er die Position der Macht über „sie" ein.

Verkenne deinen eigenen Wert nicht!

Entsorgung

Aus Paulas Tagebuch

Werfe ich sie einfach die Treppe herunter, oder stoße ich sie heute vom Mofa, ich bin mir noch nicht sicher. Peng, ein Tannenbaum fällt vom Himmel! Wo soll er sonst her kommen, kein vernünftig denkender Mensch auf dieser Welt würde so mir nichts dir nichts seinen Weihnachtsbaum vom Balkon auf die darunter liegende Terrasse werfen. Es sei denn, „sie" hat zu viel Ikea Werbung gesehen und meint, auch hier sei Knuth! „Sie" ist meine ganz spezielle Obermieterin, die wieder einmal zugeschlagen hat. „Hallo, hallo Frau Rosenkötter, sind sie noch zu retten?" Keine Reaktion von oben. Langsam höre ich ihre knapp bemessene Körpergröße Richtung Garten rauschen. Na, wie das wohl ausgeht. Der Baum hängt fest verankert in meiner Pergola, und meine Weihnachtsleuchten haben sich wie ein glänzendes Diadem um die Äste geschmiegt. Frau Rosenkötter zerrt und zieht auf der Außenseite meines Gartens. Ich wundere mich schon sehr, was für eine wahnsinnige Kraft in diesem kleinen Türstopper steckt. Auf meine Rufe, sie möge bitte etwas vorsichtiger mit den Efeuranken umgehen, kam keine Reaktion. Nach mehreren Versuchen und unter schwerem körperlichen Einsatz gelang es ihr, den Zweimeterbaum zu entfernen. Als sie stöhnend mit ihm im Schlepptau von dannen zog und ich das Ausmaß der Beschädigungen sah, hätte ich am liebsten die Titelmusik vom Tatort gespielt, dam, da, da, da, da, da ... Meine schöne Efeuwand ist ihr zum Opfer gefallen, sie lag abgerissen und verunstaltet mit der Lichterkette zwischen den Hortensien, übersät mit Tannennadeln. Mir kommen vor Wut die Tränen. Könnte ich sie in Geschosse umwandeln, sähe Frau Rosenkötter meinem Gemüsesieb sehr ähnlich. „So, du blöde Kuh, jetzt bist du dran!" Was steht auf Vandalismus, mindestens Japanisches Eukalyptusöl auf den Mofasitz und die Lenker geschmiert, vielleicht könnte man auch noch Speckschwarten mit Sekundenkleber auf die Pedalen kleben!
Tja, die Dummen werden einfach nicht weniger....

*Wenn Du jemandem Vertrauen schenkst,
ohne jegliche Bedenken oder Erwartungen,
dann bekommst Du entweder:
... eine Person
   fürs Leben.
      oder
... eine Lektion
   fürs Leben.*

Elmar Rassi

Bille will Sex in der Hölle

Ein lauer Sommerabend, ein schönes Glas Wein und ein Liegestuhl unterm Hintern, dass ist genau das, was ich nach unserem anstrengendem Shopping Nachmittag brauche. Ich ließ unsere Rücktour noch einmal Revue passieren, wir haben so gelacht, dass es schon sehr bedenklich für meine Tochter Mandy wurde die uns chauffierte.
Ich muss etwas weiter ausholen, um zu verdeutlichen, weshalb es so unheimlich lustig war. Meine Freundin Bille, ist seit vier Jahren Witwe. Sie war achtzehn Jahre gut situiert verheiratet.
Mit anderen Worten, Hansi lebte und genoss das Leben in vollen Zügen. Man konnte sagen, er war in der Upperclass zu Hause. Nichts war ihm gut genug für seine Frau, aber auch die Kinder wuchsen sehr feudal auf. Ballett- und Reitunterricht, nur Garderobe der gehobenen Label, alles vom Feinsten. Meine Freundin trug stolz ihren gerupften Nerz und am Handgelenk glänzte die Rolex.
*Die „Luise Karton" Taschen für jeden Anlass, standen brav aufgereiht im Schrank. Ich möchte aber stark betonen, dass Bille nicht immer so behangen rum lief. Früher, das heißt, vor fünfundzwanzig Jahren, strickte sie ihre Pullover- und restaurierte jedes Möbelstück, was wir auf dem Flohmarkt ersteigerten selbst. Sie konnte es einfach nicht ertragen, wenn die Holzwürmer schon in Gummistiefel in den alten Schränken umher liefen. Wir kochten uns aus Nudeln und einer einfachen Tütensoße ein zwei Sterne Mahl, und der günstige Rotwein schmeckte uns wie ein Chateau Lafite. Wir ratschten die ganze Nacht lang und waren die besten Freunde. Auf Bille war immer Verlass; ob ständig ausgehende Tampons am Wochenende, Hühnersuppe bei grippalem Infekt, zwecks Beseitigung irgendwelcher Viren gebraucht wurde oder kurz vorm Ersten, wenn das Geld für die Putzfrau fehlte, ha, ha. Was ich damit sagen wollte, ist; dass wir rundum glücklich und zufrieden mit sehr wenig waren. Jetzt war für Bille ein anderer Lebensabschnitt angebrochen. Es fehlte ihr an nichts. Hansi wollte, dass sie nicht mehr arbeitete und führte Bille in die Haute Volee ein. Es war sozusagen ein totaler Imagewandel, aber er stand ihr gut. Außerdem, warum sollte

man sich nicht so verwöhnen lassen. Es tat ihr scheint,s gut. Nur bei einigen Freunden kam es nicht so gut an, Bille wurde als arrogant und Luxusweibchen abgestempelt. Ich bin ja auch ehrlich, die Luise Karton Tasche wurde von mir auch des Öfteren belächelt, weil ich Bille einfach nicht damit identifizieren konnte. Wir hatten während ihrer Ehe keinen Kontakt und nach dem Tod von Hansi, war es für mich halt sehr ungewohnt, sie so ganz anders nach vielen Jahren wieder zu sehen. Im langen Nerzmantel, Schmuck behangen, die Luise Karton Tasche am rechten, die Rolex am linken Arm und jede Menge Kaschmir auf der Haut, inzwischen zur Blondine geworden, entstieg sie einem Cabrio.

So, nun geht es aber mit dem heutigen Tag weiter. Wir saßen also auf der Rückfahrt und die Musik machte gute Laune, als uns zwei Rehe vor das Auto liefen. Mandy machte eine Vollbremsung und alles ging noch mal gut aus. Bis auf den kleinen Schock, der uns in den Knochen steckte, denn wir sind immerhin achtzig km h gefahren. Da hat Töchterchen aber saugut reagiert. Als wir uns so einigermaßen wieder gefangen hatten, schrie ich Bille auf dem Rücksitz zu, „Tja, da hätten wir uns ja bald alle im Himmel wieder gesehen!" „ Nee, erwiderte sie, ich will nicht in den Himmel, da sehe ich meinen Hansi, wie der mit den Engeln flirtet, das muss ich mir nicht antun, ich gehe lieber in die Hölle, da sind die Teufel mit den langen Schwänzen, da kann ich ganz ungeniert leben. Wenn ich schon vier Jahre hier ohne Sex leben muss, dann will ich zumindest nach dem Tod in Sünde leben und in der Hölle ist was los, das sage ich euch. Im Himmel muss man schön brav sein und seine Schäfchen zählen, das ist nichts für mich." Mandy und ich lachten laut los und konnten uns gar nicht mehr einfangen, so redete Bille sich in Rage.

Und es ging noch weiter. „Wenn ich mir vorstelle, ich klopfe oben an, und Hansi sitzt da mit den lieblichen Engeln auf dem Schoß und spielt mit denen Posaune oder auf der Harfe, ich weiß, wie mein Mann flirten kann. Das könnte ich nicht ertragen!" Ich konnte nicht mehr an mich halten und gab auch meinen Kommentar ab. „Stell Dir mal vor, Hansi hat der gesamten Engelschar, die gleiche Frisur wie Du sie trägst verpasst, blond und Pagenkopf. Außerdem tragen alle Kaschmirjacken und laufen in den Wolken mit gerupften Nerzmänteln herum." „Bille, schrie meine Tochter, und konnte vor Lachen kaum sprechen, eines habt ihr vergessen, etwas ganz wichtiges, stell dir vor, du gehst durchs Tor und siehst, wie alle stolz am linken Arm eine Luise Kartontasche tragen und rechts glänzt die Rolex." Bille krümmte sich vor Lachen und erwiderte ganz trocken, „tja, so ist mein Mann, selbst nach dem Tod macht er den Weibern noch teure Geschenke, er ist und bleibt halt ein spendabler Charmeur, daran kann nicht einmal der Tod etwas ändern. Aber ich will verdammt sein und in die Hölle fahren und endlich mal wieder auf langen Schwänzen reiten, wenn's auch nur der Teufel ist."

Jetzt sitze ich hier auf meinem Balkon und schreibe diese Geschichte und dabei fällt mir etwas sehr eigentümliches auf. Warum gehen eigentlich alle davon aus, dass Engel weiblich sind? Ich habe noch nie einen Engel mit Brüsten gesehen, ob in der Kirche oder anderswo. Dafür aber oft den prallen kleinen Po. Ich finde, je öfter ich darüber nachdenke, dass sie alle wie kleine gesunde Burschen aussehen, mit ihren runden Bäckchen. Haben wir da seit jahrhunderten etwa, etwas Gravierendes übersehen? Ich bin heute zu dem Entschluss gekommen, dass es keine weiblichen Engel gibt und was sagt uns das? Die kleinen Burschi's sind schwul, es hat nur noch keiner gemerkt.

Tja, lieber Hansi, ich sende Dir diese Geschichte mit der nächsten Regenwolke in den Himmel, dann solltest Du mal genauer nachsehen und uns hier unten über das Ergebnis informieren. Und sei nicht traurig, dass ich dir eventuell deinen Spaß genommen habe.

* Louis Vuitton

Gerüchte werden von Neidern erfunden,

    von Dummen verbreitet

    und.......

    von Idioten geglaubt!

Überangebot

Der Urlaub steht vor der Tür und ich würde gerne wieder einmal ein wenig Zeit auf meiner Lieblingsinsel Sylt verbringen. Für ein paar Tage dem Stress entfliehen, aber warum nicht mal etwas anderes kennenlernen? Ich war noch nie auf Wyk auf Föhr! Hallo Laptop, wo bist du? Es gibt da doch unter Google so viele schöne Angebote. Ja, wer sagt es denn, wer die Wahl hat, hat die Qual! Unter tausenden von Angeboten darf ich mir eine Bleibe suchen, das kann ja lustig werden. Wie viele Orte in Wyk auf Föhr gibt es denn, es sind schon einige, aber welcher ist auch der Richtige für mich? Wie bringe ich es in Erfahrung, Bilder, Bilder und noch mal Bilder! Ein kleines Häuschen am Meer mit Reet gedecktem Dach, so wie man es immer im Film sieht. Das wäre mein Traum, mit meinem Laptop und einem schönen Glas Bordeaux auf der Terrasse zu sitzen, an meinem Buch zu schreiben, im Hintergrund das Meer rauschen zu hören und den Wellen zuzusehen, da kann es doch nur ein Bestseller werden, Romantik pur. Nach vier Stunden gebe ich auf. So etwas gibt es nicht, ich finde in die Realität zurück. Außer klitzekleinen Wohnungen unter dem Dach mit lieblos durcheinander gewürfelten Möbeln, Wohnungen im Erdgeschoss, mit Plastikmöbeln und verschimmelten Strandkörben im Garten. Entscheidungen zwischen fünfundzwanzig oder fünfundvierzig Quadratmetern, roten Couchen, grünen Couchen, Hochbetten, muffigen Schrankbetten, Klappcouchen, Blick auf die anderen Häuser, langen Wegen zum Strand; eine Auswahl ohne Ende. Soll ich noch mal vier Stunden suchen, um meinen Traum vielleicht zu finden? Pro Wohnung im Schnitt zehn Bilder, hier noch ein Link und da noch etwas aufgemacht. Ich möchte doch einfach nur ein paar Tage Urlaub buchen und nicht einen ganzen Tag damit verbringen, für mich unter so einem Riesenangebot die richtige Entscheidung zu treffen. Meine gute Laune ist auf dem Nullpunkt angelangt, wie sieht es denn auf Amrum aus? Schnell eine andere Seite aufgemacht, jetzt hakt mein Laptop, ich komme nicht weiter. Also noch mal starten, alles klar, „wie geht das denn noch? Es hört sich gut an, das mir so vertraute Applegeräusch ertönt, es kann weitergehen. Vielleicht sollte ich mir erst mal eine Übersicht über die Wetterlage auf den Inseln machen. Dort herrscht ja bekannterweise ein rauer Wind und es weht ständig eine steife Brise. Ja, was haben wir denn da im Angebot? Jede Menge Strömungsbilder, Lageberichte aus dem Harz, wieder viel mehr, als ich wissen möchte. Bilder von vermummten Meteorologen, mit Fell umspannten Mikrofonen in riesigen Wetterjacken von der großen bekannten Firma „Weltenfein". So schlägt man doch gleich zwei Fliegen mit einer Klappe, ich riskiere nur einen Blick auf die Wetterkarte und kann gleichzeitig erfahren, welche Marken zur Zeit aktuell sind. Eigentlich wollte ich nur wissen, wie morgen das Wetter wird. Mein Opa hat sich am Daumen geleckt, ihn in die Luft gehalten und konnte mir dann sagen, aus welcher Richtung der Wind weht. Plagte ihn sein Rheuma, so wusste ich, dass morgen der Regenmantel angesagt war. Ganz einfach! Ich habe mich entschieden, fahre wieder auf meine so innig geliebte Insel Sylt. Da habe ich meinen Traum schon seit vielen Jahren, mein kleines kuscheliges Domizil. Warum also Stunden im Internet verbringen, sich verunsichern, wenn man doch auf alte schöne Traditionen und Gewohnheiten zurückgreifen kann, wenn auch mit einigen Stunden Verlust im Gepäck, aber doch um einiges an Erfahrung reicher geworden. Heute werde ich nicht mehr einkaufen gehen, morgen früh werde ich mich mal richtig verwöhnen und zum Frühstücken in ein schönes Café gehen. Da kann ich mir auf jeden Fall sicher sein, dass keine Blumenerde oder Weihnachtsbäume wie bei Paula ins Frühstück fallen! Ich bevorzuge hier einen besonders einsamen Ort, an dem ich vor dekadenten Leuten, wie sie sicher auch hier auf der Insel anzutreffen sind, einigermaßen geschützt bin.

Entscheidungen zwischen Hundekotbeutel & lila Löckchen

Mein Wecker steht auf acht Uhr, ich fühle mich einfach super ausgeschlafen und freue mich riesig auf die paar Tage Urlaub. Es ist immer wie ein Nach-Hause-kommen. Ich liebe es, hier auf der Insel zu sein. Von Sonnenstrahlen und dem salzigen Geruch des Meeres werde ich auf der Suche nach einem geeignetem Frühstücks-Café begleitet. Ich entschied mich für ein Cafe direkt an der Promenade, mit einem wunderschönen Blick auf das Meer. Es gab Frühstück in Form eines kalten und heißen Büffets, alles in reichhaltiger Auswahl vorhanden. Die Rentner drängeln, was das Zeug hält, dabei ist genug da. Gerade wollte ich mich hinten anstellen, als eine ganze Herde beigefarbener Windjacken, bewaffnet mit Jutebeutel, an mir vorbei das Büffet stürmen. Eine Dame mit lila Löckchen bildete das Schlusslicht mit ihrem Deltaroller. Ich musste glatt zur Seite springen, um nicht auf die Fischplatte zu stürzen. Als ich mich gerade wieder berappelt hatte, folgte der zweite Akt. Nicht, dass die Rentner-Gang nur ihre Teller überhäuften, nein, sie stopften alles, was nicht niet- und nagelfest war, in ihre Jutebeutel. Einige hatten sich zuvor an den Hundekotbeutelautomaten bedient und konnten ihre Hamsterbeute fein säuberlich trennen. Käse für sich, Aufschnitt für sich, einfach alles. Frage mich gerade, worin sie die Milch für ihr Müsli transportieren wollen. Etwas Anstand ließ sich dennoch erkennen, oder lag es vielleicht an der fehlenden Logistik? Die Milch wurde nicht abgefüllt. Es war einfach ekelhaft. Es passiert mir wirklich nie, dass ich ein Gesicht vergesse, aber bei denen würde ich eine Ausnahme machen. Wie beruhigend, dass ich gute Gene habe, sonst würde ich mir spätestens jetzt Gedanken um mein Rentenalter machen. Aber die lila Löckchen würden mir schon gefallen. Wer weiß, etwas Zeit bleibt mir ja noch. Mein Magen meldet sich, und das Büffet ist wieder aufgefüllt. Ich fang bei den Brötchen an, mehr als zwei würde ich gar nicht essen, aber für welche Sorte soll ich mich nur entscheiden? Sesam, Roggen, Kümmel, Dinkel, Vital, Müsli, Semmel, Rosinen und noch viel mehr Auswahl, daneben mindestens fünf verschiedene Brotsorten.

Ich fühle mich schon jetzt leicht überfordert. Bei der Butter war ich allerdings ziemlich zielstrebig, ich esse nämlich keine. Weiter ging es zur Käsestraße, auch hier wieder die ganze Vielfalt. Von Camembert über mindestens zehn verschiedene Schnittkäsesorten bis hin zum leckeren Frischkäse. Von hier gelange ich in das Schlaraffenland der Aufschnitte, fünfzehn verschiedene Sorten erstrecken sich über fast drei Meter, verziert mit den leckersten Obstsorten, Jogurt, Quark reichlich Gemüse. Einige Schritte weiter gelangen wir in die Eierabteilung, von dort aus zu den köstlichen Fischplatten. Eine Marmeladen- und Müsliabteilung runden das Bild perfekt ab. Fasziniert stehe ich mit meinem Teller davor und kann mich wieder einmal nicht entscheiden. Zu viel, viel zu viel. Ich fülle mir einige Dinge auf, nehme meinen Kaffee und bewege mich Richtung Strandkorb. Ich habe exakt fünfundzwanzig Minuten gebraucht, um mich für zwei Brötchen, ein Glas Orangensaft, eine Tasse Kaffee, zwei Sorten Käse, etwas Rührei und Obstsalat zu entscheiden. Irgendwie fühle ich mich nicht so richtig wohl, es will sich einfach nicht die Zufriedenheit einstellen. Ich müsste doch eigentlich die Situation so richtig genießen können. „Woran liegt es?" Meine Gedanken kreisen ständig um das Frühstücksbüffet, habe ich mich richtig entschieden? Hätte doch auch noch von der Fischplatte nehmen können, auch die verschiedenen Salate sahen zum Anbeißen aus, die kleinen Bratwürstchen und Putenmedaillons hätten mir auch gefallen. Oh Gott, konzentriere dich hier auf dein Frühstück, genieße es, über das Wasser zu schauen, aber ständig hatte ich das Gefühl, nicht das Richtige genommen zu haben. Just in dem Moment entdecke ich die Rentner-Gang, wie sie genüsslich einen Teil ihrer Beute vertilgt. Diese Art Gedanken kommt bei denen bestimmt nicht auf, es sei denn, sie bereuen, nicht genug mitgenommen zu haben. In mir macht sich das Gefühl breit, den größten Teil meiner Kraft in Entscheidungen zu investieren, die nicht unbedingt nötig tun. Das fängt an bei den Wurfsendungen von Baumärkten, Lebensmittelhändlern, Autohäusern, vom Pizzaservice, von Möbelmärkten, und, und, und, die zweimal in der Woche im Briefkasten liegen. Bis ich die durchgelesen habe, vergeht über eine Stunde. Es ist wie ein Zwang: Werfe ich sie weg, habe ich sofort wieder das Gefühl, etwas versäumt zu haben oder an einem

Schnäppchen vorbeigegangen zu sein. Wir setzen uns ständig unter Druck! Obwohl unsere Auswahlmöglichkeiten in allen Bereichen im Gegensatz zu früher immens gewachsen sind, macht es uns bestimmt nicht zu glücklicheren Menschen. Wir verbrauchen nicht nur mehr Energie, sondern auch das Wertvollste in unserem Leben: „Die Zeit"

Wie lange ich lebe, liegt nicht in meiner Macht,

dass ich aber,

solange ich lebe, wirklich lebe,

das hängt von mir ab.

Putzsucht oder Vergewaltigung

Aus Paulas Tagebuch

Gerade hatte ich das Stadium Menstruation hinter mich gebracht und mich über die vor mir liegende tamponfreie Zeit gefreut. Doch bereits kurze Zeit später wurde ich eines Besseren belehrt, ich hatte nur die Etage gewechselt. Von der Parterre in den obersten Stock. Jetzt führte ich mir Ohropax ein. Meine Ohren waren schon so wund, als hätte ich jahrelang auf einer Werft gearbeitet, aber es waren nicht die Geräusche von Hammerschlägen auf Metall, sondern Geräusche meiner Obermieterin, die mich wieder zum Verstopfen von irgendwelchen Köperöffnungen veranlassten.
Es ist Montag kurz vor sechs Uhr, als ich durch einen unerträglichen Lärm geweckt werde. Frau Rosenkötter hat wieder zugeschlagen. Eine Stunde und dreißig Minuten bleiben ihr noch, die Hausarbeit zu erledigen, bevor sie in ihre Praxis fährt. Das heißt, die Hausarbeit wird in jede freie Minute verlegt. Dabei spielt es keine Rolle, ob die Hausbewohner noch schlafen oder einfach nur mal in Ruhe ihrem wohlverdienten Feierabend frönen. Frau Rosenkötter kennt da keine Hemmschwelle, frei nach dem Motto, das Wort Rücksichtnahme kam in meiner Erziehung nicht vor. Ich saß also senkrecht und schlaftrunken in meinem Bett, als über mir die GSG 9 ihren Nahkampfeinsatz begann, und wartete nur noch auf den Kugelhagel, der mich durch die Decke erreichen und außer Gefecht setzen würde, als mir schlagartig bewusst wurde, dass es sich um den Staubsauger meiner lieben Obermieterin in Ausübung seiner Hochleistung handeln musste. Halleluja, da ging aber die Post ab, da wurde gegen die Wände geknallt, natürlich ohne Bürste über den Fliesenboden gescharrt, Möbel über mehrere Meter gerückt, dass sich die Drähte in meiner Glühbirne verbogen und natürlich alles in gesunden Bio-Holzclogs. Mit Sicherheit hingen noch Gewichte an ihren Oberarmen, um sich gleichzeitig noch sportlich zu betätigen. Denn körperliche Aktivitäten in jeglicher Form sind in ihrem Tagespensum fest eingeplant. Nach gefühlten drei Stunden

scheint der Fußboden von jeglichen Belegen befreit zu sein. Ich war gerade auf dem besten Weg, Mitleid für den Staubsauger zu empfinden, als er verstummte. Ich schmunzelte so vor mich hin, selbst ein Staubsauger wurde von ihr bis zum bitteren Ende vergewaltigt. Tja, an Schlaf war natürlich jetzt nicht mehr zu denken.

Mein Adrenalinspiegel stieg schon langsam wieder an, keine Chance in Ruhe zu frühstücken, als die nächste Lärmattacke einsetzte. Die Schiebetür wurde aufgerollt, über fünf Meter Breite, ich verstehe bis heute nicht, warum nicht ein Meter langt, um hindurch zu gehen. Dieses geschieht in einer so brachialen Art, wüsste ich nicht genau, dass sich über mir eine Wohnung befindet, könnte man meinen, über unseren Köpfen fährt eine Eisenbahn. Diese Lärmbelästigung ertrage ich bis zu zwanzigmal am Abend bis spät in die Nacht hinein. Mein Schlafzimmerfenster befindet sich direkt darunter. Ich stelle mir jedes Mal die Frage, ob es nicht leichter wäre, die Tür zu ölen und eventuelle Unebenheiten zu beseitigen, als ständig diesen Kraftakt aufbringen zu müssen, die Tür immer wieder mit Schwung aufschieben zu können. Gleichzeitig würden sie uns eine erhebliche Lärmbelästigung und das „Nachts aus dem Bett hochschrecken" ersparen. Aber ich vergaß, sie sind resistent gegen alles, was unsere Lebensqualität zurückbringen würde.

Warum dieses Schiebeelement so oft gerollt wird, bleibt nur zu vermuten. Da sich sämtliche Getränke unter freiem Himmel befinden, nehme ich an, dass selbige schluckweise einverleibt werden. Eine andere Theorie würde auch noch passen: Frau Rosenkötter ist vom Wasch- und Putzzwang befallen! Da sich mehrere Vogelbeerbüsche auf ihrem Balkon befinden und sich Amsel, Drossel, Fink und Star nach dem Festmahl auch auf natürliche Art wieder davon befreien müssen, kann man schon davon ausgehen, dass hier kein Fleck länger als nötig liegen bleibt. Das heißt, bei zehn Vögeln am frühen Morgen zwanzig bis dreißig Haufen; da rollt die Tür aber wie geschmiert. Die Uhr zeigt wenige Minuten nach sieben in der Früh, als mehrere Getränkekästen über den Boden gezerrt werden, weiter geht es mit literweise Wasser in die Kanne füllen und die Blumenkästen überschwämmen. Die Dame hat einfach kein Gespür für Feinheiten, alles schnell, schnell, schnell und im Dauerlauf.

Meine Geduld ist am Ende und es gelüstet mich nach einem Mord. Ich stürze in meinen Garten und bin auf das Schlimmste gefasst, meine Vermutung bestätigt sich in vollem Ausmaß. Meine Wäsche auf dem Ständer ist nicht nur nass, nein auch völlig verschmutzt, meine schöne weiße Designer-Bettwäsche ist zur neuen Kreation von Frau Rosenkötter geworden. Ungleichmäßige Erdkrümelchen, Tannennadeln und Vogelbeeren, ab und zu ein kleines abgebrochenes Ästchen und Blumenblüten vermischten sich zu einem prachtvollem Motiv, man könnte auch sagen, es handelt sich hier um den neuesten Entwurf ökologischer Bettwäsche mit gesundem Klima. Dieses stimmte mich gleich wieder etwas friedlicher, denn schon länger suchte ich mit meiner Tochter nach einer Marktlücke, um mich selbst zu verwirklichen. Hat Speedy Gonzales von oben mir jetzt eventuell die Inspiration dazu gegeben? Bettwäsche, welche das Gefühl von Freiheit und den Einklang mit der Natur gibt, da kommt ja einiges in Frage.

Diese wunderschöne Träumerei endete abrupt, als ich von einer Primel getroffen werde, es folgen ein angefressener Apfel und mehrere Apfelsinenschalen, jetzt ist es soweit, nun lasse ich sie einweisen! Auf meine Bitte hin, sie möge sofort aufhören, wurde mit einem Zuzerren der Schiebetür geantwortet. Da stand ich nun und wusste nicht mehr weiter, war den Tränen nahe und konnte einfach nicht verstehen, dass Menschen so handeln. Inzwischen ging oben das Getrampel weiter, denn die Zeit rannte ihr davon. Es war ein Laufen und Gehetze! Bum, bum, bum, Treppe rauf gerannt und wieder runter, ich drehte durch, mein Kopf fühlte sich schrecklich an. Was für ein Tagesbeginn, zwischenzeitlich wurde geduscht und die Bio Clogs in High Heels umgetauscht. Klack, Klack, klack, endlich knallt die Tür ins Schloss. Andere Hausbewohner ziehen sie leise hinter sich zu, aber für andere mitdenken, liegt ihr fern. Klack, klack, klack die Treppe runter gerannt und zu guter letzt wird dann endlich die Haustür mit einem großen Knall zugeschlagen. Spätestens jetzt würde selbst ein Hörgeräteträger aus dem Bett fallen. Ich kann nicht mehr, am ganzen Körper zitternd, mit einem Blutdruck von mindestens zweihundertzehn zu hundertfünfzig rase ich wie mein Hund, wenn er einen Hasen wittert, nach draußen. Frau Rosenkötter stieg gerade auf ihr Mofa, als ich die Tür öffne.

Meine Wut war so groß, ich hätte sie am liebsten geschubst, gewürgt oder erschlagen, als ich bemerkte, dass ich in meinem Nachthemd hinausgelaufen war, was mich natürlich etwas lächerlich erscheinen ließ. Ich öffnete gerade meinen Mund, um ihr klarzumachen, dass so ein Verhalten nicht in eine Hausgemeinschaft gehört, als sie mich frech ansah und sagte; „Guten Morgen, Frau Fuchs von Stolzenau!" Das hörte sich dem Tonfall entsprechend an wie „sie können mich mal". Und dann brauste sie davon. „Ignorante Vollidiotin," in solchen Momenten wünschte ich mir die Alzheimer; alles nur schnell vergessen.

Was für eine himmlische Ruhe, ich kann es kaum fassen, bis dreizehn Uhr Balsam für meine Seele, dann fängt das Haus wieder an zu beben!

Ändern kann sich niemand,
bessern jeder

Ernst von Feuchtersleben

Zuhause wird nicht gepopelt

Während eines Spazierganges überfiel mich die Lust auf ein riesiges, leckeres Eis im Bistro am Strand.
Nur noch ein paar hundert Meter. Glücklicherweise ist noch ein Strandkorb frei und ich steuere direkt auf ihn zu. In dem Moment schlängelt sich von der rechten Seite ein elegant gekleideter Herr an mir vorbei, um sich in den besagten zu setzen. Damit war ich aber ganz und gar nicht einverstanden, ich teilte es ihm auch in einer „noch" sehr höflichen Art und Weise mit. Tja, was nun, ist er der „Gentleman" oder ist er „Herr Flegel." Er ist der Gentleman und es freut mich sehr. Ich setze mich hinein und bestelle meinen lang ersehnten Eisbecher. Gerade wollte ich mich genüsslich über ihn hermachen, als ich aus meinen Augenwinkeln sah, wie einer meiner Nachbarn schräg gegenüber an einem Tisch Platz nahm, er war wohl gerade frei geworden. Er sah wie immer toll aus in seinem modischen Freizeit-Dress. Ich lehnte mich zurück, um ihn lustvoll zu beobachten, schließlich sah man ja nicht alle Tage eine hochgestellte Persönlichkeit, welche durch Talkshows im Fernsehen bekannt war. Mein Eis hatte ich ganz vergessen, es schmolz so vor sich hin. Der Kellner brachte meinem Gegenüber die Speisenkarte und deckte den Tisch mit einem Plaid, Besteck und Serviette. Als er wieder alleine war, fühlte er sich wohl nicht beobachtet, denn er nahm sich seine Nase im wahrsten Sinne des Wortes vor. Er popelte, was das Zeug hielt. Irgendwo mussten die Popel natürlich bleiben. Unterm Tisch war es wohl zu glatt, er bestand aus Plastik, das hatte er mittlerweile aufgegeben, deshalb schmierte er sie an die Tischdecke. Mir wurde speiübel, aber wegggucken konnte ich auch nicht, ich war viel zu aufgeregt und neugierig, welche Verstecke er sich wohl noch aussuchen würde. Man, ist das widerlich, ein solches Benehmen hätte ich ihm nie zu getraut. Mittlerweile waren die Nasenlöcher schon ganz rot und angeschwollen, ich möchte nicht wissen, wie viele prominente Popel mittlerweile auf dem Plaid vor ihm lagen. Jetzt kommt sein Essen, vielleicht sind es ja Königsberger Klopse mit Kapern, dann wäre er fein raus, was die Decke angeht. Sieht ja ziemlich gleich aus! Na ja, nun ist er

erstmal beschäftigt, mein Eis ist mittlerweile nur noch als Getränk verwendbar, ich bestelle mir einen Magenbitter und kippe ihn in einem Zug runter, der war dringend nötig. Wenn ich mir jetzt vorstelle, dieses Plaid von meinem Nachbarn bei meinem nächsten Essen vorgelegt zu bekommen, oder an dem gleichen Tisch sitzen zu müssen. Manchmal ist es doch besser, nicht alles zu wissen. Er ist fertig mit dem Lunch und was soll ich sagen, es geht lustig weiter. Langsam muss die Nase doch mal leer sein, wo holt er sie nur alle her. Mir fällt auf, dass seine schönen Hände rote Striemen haben, ich kombiniere daraus mit meiner weiblichen Intuition, das er zu Hause Popelverbot hat und seine Frau ihm die Hände festbindet. Ich persönlich würde bei dieser Zwangsstörung mit Fäustlingen herumlaufen. Oder meine Finger mit Sekundenkleber zusammen kleben. Lieber würde ich als bekloppt abgestempelt werden, als dieser Peinlichkeit der Entdeckung ausgesetzt zu sein.
Ob der „Gentleman" mit den guten Manieren es auch in aller Öffentlichkeit macht, oder lieber still und heimlich bei sich auf dem Klo...

Über manche Menschen freut man sich, wenn sie kommen, über andere, wenn sie gehen.

Oscar Wilde

Webfehler im Gehirn

Aus Paulas Tagebuch

Sonnenschein, dreiunddreißig Grad und die Liegestühle in meinem Garten laden zum Verweilen ein. Ein wunderschöner Morgen im August, besser ausgedrückt, es scheint bis jetzt ein wunderschöner erholsamer Morgen zu werden. Ich bin gerade aufgestanden, als mein Telefon klingelt. Meine Freundin und Kinder laden sich für heute Nachmittag zum Kaffee ein, ich freue mich darauf. Werde noch schnell einen Kuchen backen. Frau Rosenkötter, die „DAME" über mir, fängt auch langsam an, sich bemerkbar zu machen. Sonntag habe ich ja immer das Glück, nicht schon vor sechs Uhr durch irgendwelche Aktivitäten von ihr geweckt zu werden.
Bei dem strahlenden Sonnenschein beschloss ich, es zu wagen, mein Frühstück auf der Terrasse zu genießen, in der Hoffnung, keine Blumenerde, Primeln oder dergleichen auf den Kopf zu bekommen. Es scheint zu klappen, keiner befindet sich über mir auf dem Balkon. Ich fühle mich richtig entspannt, stelle aber gleichzeitig fest, dass sich schon wieder einiges an Unkraut angesammelt hat, vielleicht entwickle ich ja noch genug Vernichtungs-Energie, mal sehen. Aber erstmal richtig chillen und ein schönes Buch lesen. Ich kuschle mich so richtig schön gemütlich auf meinem Liegestuhl in meiner Lieblingsecke ein und verspüre in mir eine Trägheit aufkommen. Irgendwann schlief ich wohl ein. Im Traum durchlebe ich ein schlimmes Gewitter. Es donnerte und regnete, meine Kleidung war klitschnass bis auf die Haut. Ja, es hat auch gedonnert, aber nicht durch Naturgewalten, sondern durch Frau Rosenkötter, nicht mal am Sonntag nimmt sie ihre Hormone von der Leine. Sie randalierte über mir, bewegte ihre schweren Balkonmöbel von links nach rechts und scharrte wie ein Bauarbeiter, der mit einer Maurerkelle Mörtel auf dem Boden verschmiert. Es war auch kein Traum, ich sei vom Regen durchnässt, nein, der Türstopper über mir hat die Blumenkästen unter Wasser gesetzt und eine Über-

schwemmung verursacht. Alles platschte runter auf meine untere Körperhälfte. Ich bin hoch wie von der Tarantel gestochen und schrie nach oben, sie möge bitte aufhören und sich mal den verursachten Schaden ansehen. Es kam keinerlei Reaktion, aber dieses resistente Verhalten kenne ich ja schon zur Genüge. Ich sag ja immer wieder, es gibt keinen schlimmeren Tauben, als den, der nicht hören will!

Meine Beine sahen aus, als hätte ich sie in Blumenerde paniert, die Auflagen meines Liegestuhls völlig nass und dreckig, der gedeckte Kaffeetisch zur Hälfte und die Auflagen der Stühle mit Erde und Wasser besudelt. Von oben kam kein Entgegenkommen, keine Entschuldigung, einfach nichts. Ich fühlte schon die Jammertour mit wehenden Fahnen auf mich zukommen. Also schnell meinen Mp3-Player in die Ohren gesteckt, die Musik laut aufdrehen, damit ich meine eigenen Gedanken nicht mehr hören kann. Was bleibt mir anderes übrig, als den Schaden zu beheben und duschen zu gehen. Mittlerweile geht es auf den Nachmittag zu und Frau Rosenkötter hat es sich mit Herrn Radikalinski, ihrem „Lebensabschnittspartner mit den Schnittlauchlöckchen" oben gemütlich gemacht. Es herrscht wirklich im Moment einmal Ruhe. Ich stelle mir nun die Frage, ob ich es wagen kann, den Kaffeetisch erneut zu decken, aber warum muss immer ich mich ducken, ich will nicht ständig deren Leben mit leben müssen. Möchte auch dann mal Ruhe haben, wenn ich sie brauche, möchte einmal schlafen gehen, wenn ich müde bin und nicht warten, bis die „Netten" Obermieter sich zur Ruhe begeben. Mein Bedürfnis nach „Rache" ist groß, Rache ist eine Möglichkeit, die Waagschalen der Gerechtigkeit wieder ins Gleichgewicht zu bringen. Ich habe das Gefühl, meine emotionalen Schmerzen sind gleichzusetzen mit einem dicken fetten Eiterpickel, der mich halb wahnsinnig macht und ausgedrückt werden muss. Am liebsten möchte ich diese ganze Energie, die ganze Wut gegen den Pöbel über mir dazu nutzen, einen genialen Racheakt zu planen, um das Chaos in mir zu beseitigen. Ich weiß genau, eines Tages werde ich „Ihn" vollführen, und er wird mich aus dem Morast meiner Depressionen herausreißen und zurück in die Welt der Lebenden führen. Es gibt einen schönen Spruch: Alles rächt sich erst nachträglich, deshalb glauben viele, dass sie fein raus sind, obwohl sie zehn Jahre später fein drin sind! So sehen meine momentanen Gefühle aus.

Nun aber zurück zum Geschehen. Ich entschließe mich nun doch, auf der Terrasse erneut den Tisch zu decken, obwohl sich im Moment der Himmel zuzieht, aber wir haben ja die Markise. Schnell noch den Kuchen aus dem Backofen holen, und vielleicht kann ich dann ja noch ein paar Minuten relaxen. Ich genieße die himmlische Ruhe in vollen Zügen, noch dreißig Minuten, bis mein Besuch klingelt. Es wird zunehmend dunkler am Himmel, aber wir können ja immer noch umdisponieren. Ah, meine Gäste kommen durch den Garten, der gemütlichen Kaffeerunde steht nun nichts mehr im Wege. Es sei denn, Frau Rosenkötter hält noch mehr Überraschungen bereit. Und die lassen in der Tat nicht mehr allzu lange auf sich warten. Wir hatten kaum den Kuchen angeschnitten und die erste Tasse Kaffee getrunken, als der Türstopper von oben an unserem Garten vorbei schleicht. Ich ahnte bereits, was nun passieren würde, denn meine Nachbarn Familie Kugelmann sind im Urlaub und Frau Rosenkötter hat Spreng- und Schlüsseldienst. Meine Freundin konnte kaum glauben, was sie dann sah, Frau Rosenkötter wagte es doch tatsächlich, unseren Nachmittag zu zerstören. Sie befand sich mittlerweile in Nachbars Garten, drehte den Wasserschlauch auf und begann den Rasen zu sprengen. Irgendwie findet sie nie den richtigen Zeitpunkt, entweder regnet es, oder die Sonne knallt vom Himmel. Es wurde immer lauter und natürlich auch kälter. Wir waren entsetzt über soviel Dreistigkeit. Ohne Rücksicht auf uns ging es lustig weiter, natürlich in High Heels, wenn es nicht so traurig wäre, hätten wir genug Anlass zum Lachen gehabt, denn der Himmel zog sich immer mehr zu und die Absätze gerieten immer mehr unter Atemnot, weil sie schon bis zum Hals im aufgeweichten Boden steckten. Mittlerweile konnte man kaum noch den Rasen erkennen. Er nahm eher die Form eines Biotops an, da ging es weiter, die armen Büsche müssen nun auch noch dran glauben. Meine Freundin stand mit offenem Mund und schaute dem Treiben unfassbar zu, nicht nur der Ruhe störende Lärm nein, auch dass ein Unwetter im Anmarsch war zeigt doch, dass der Türstopper im Kopf so durchterminiert ist, dass alles um sie herum nicht zählt. Alles durchziehen, was auf dem Timer steht, hetzten, hetzen und alles aufmischen, Unruhe verbreiten. Egal ob Menschen oder auch Pflanzen auf der Strecke bleiben. Inzwischen sind zehn Minuten vergangen, das Wasser läuft und läuft und läuft, obwohl über uns gewaltige Gewitterwolken aufziehen. Vielleicht sollte ich noch kurz erwähnen, dass die zu bewässernde Fläche nicht größer als maximal fünfundzwanzig Quadratmeter aufweist. Vielleicht leidet Frau Rosenkötter ja unter Gedankenarmut. Oder sie hat einen großen Webfehler im Gehirn! Zwischenzeitlich sind zwanzig Minuten vergangen, die Mücken werden langsam wach und schwirren Richtung Wasser, wir erleiden einen gewaltigen Temperatursturz und fangen an zu frieren. Meine Freundin riskiert einen Blick über den Zaun, um sich einen erneuten Überblick des Status Quo zu machen. Sie stellt fest, mit dem Wasserverbrauch hätte man sicher auch ein ganzes Fußballstadion bewässern können. Ich traue meinen Augen nicht; Was läuft denn da in meinen Garten und schlängelt sich um meine Terrassenmöbel? Das sinnbildlich verschwendete Geld meiner verreisten Nachbarn, mein Garten hat also auch noch gut davon. Oh, Ruhe, der Hahn wird zugedreht und Frau Rosenkötter versucht mit ihren hohen Absetzen durch den überschwemmten Rasen zu schlingern, was uns natürlich ein wenig „selbstverständlich ohne Schadenfreude" zum Schmunzeln verleitet! Natürlich weigerten sich die Schuhe und blieben einfach stecken. So musste sie dann barfüßig durch den Sumpf stampfen. Sie hatte gerade unseren Garten erreicht, als Petrus beschloss, auch ein wenig zur Belustigung beizutragen, er öffnete mit großem Blitz und Donner seine Pforten, es schüttete wie aus Eimern. Unvorstellbar die ganze Situation, meine Freundin und ich können nicht mehr an uns halten und prusteten laut los. Meine Freundin schüttelt nur den Kopf und meinte: „Ein Mensch gewordener Alptraum wohnt über Dir!" Wir sind zwar um unseren gemütlichen Kaffeeklatsch gekommen, hatten aber dafür eine wunderbare Theatervorstellung live und ohne Eintrittskarte mit erleben können.

Man hat den Verstand verloren, wenn man nicht mehr hofft, bei anderen welchen zu finden.

Du bist heute so empfindlich

„Warum bist du heute nur so gereizt?", fragt mich meine Freundin Moni. „Zum Donnerwetter, ich bin nicht gereizt, wie kommst du denn darauf?" Schweigend spazierten wir die Einkaufsmeile in der Innenstadt entlang. „Du hast doch was, das merke ich dir sofort an!" „Ja hab' ich, musst du mir eigentlich immer so schonungslos die Wahrheit ins Gesicht sagen, ich weiß selbst, dass ich nicht mehr zwanzig bin, aber warum sollte ich mich mit siebzig nicht mehr so schminken wie immer?" „Oh, daher weht der Wind, wir sind jetzt über fünfunddreißig Jahre befreundet, da darf ich dir wohl mal sagen, dass das Make up für dich nicht mehr so vorteilhaft aussieht, weil es sich in den Falten absetzt, es erinnert schon mehr an Restauration. Nimm lieber eine getönte Tagescreme, die lässt dich frischer aussehen. Das andere wirkt so maskenhaft an dir!" „Lieben Dank, Gitti, das kann man auch etwas liebevoller formulieren, ich habe dir auf Margots Party auch nicht gesagt, wie peinlich du in dem viel zu engen Kleid ausgesehen hast. Alle haben über dich getuschelt und der Mann von Waltraut leckte sich genussvoll die Lippen, als er meinte, du seiest knackig wie eine Bockwurst im Naturdarm!" „Tolle Freundin, darauf hättest du mich aber wirklich aufmerksam machen müssen!" „Nein Moni, du siehst ja jetzt, wie du darauf reagierst, nur beleidigt. Du sagst immer, wir wollen uns schonungslos im Alter die Wahrheit sagen, weil man einen anderen Blickwinkel bekommt, aber das ist dann auch wieder nicht richtig!" „Mir geht es doch auch nicht viel anders, Gitti, wenn du mich mal auf etwas hinweist, dann gehe ich sofort in Opposition und fange bereits in Gedanken an, mir eine Verteidigungsrede zu erstellen. Wie empfindlich sind wir eigentlich geworden. Auf der einen Seite fordern wir absolute Ehrlichkeit im Umgang mit unserer Freundschaft, auf der anderen Seite sind wir entsetzt und zutiefst beleidigt, wenn wir die Wahrheit erfahren. Denke doch nur an Sabine, die Arme, ihr Mann baggert dich im Internet an! Wie dreist er ist, wenige Tage später treffen wir beide im Einkaufs-Zentrum, völlig harmonisch miteinander umgehend. Ich hätte ihm ins Gesicht schlagen können, so hinterhältig fand ich die Situation, in die Klaus uns gebracht hatte, zumal Sabine noch von dieser schweren Krankheit gezeichnet ist. Aber ich durfte ja nichts sagen, weil du mir das Versprechen abgenommen hast. Bine tat mir so entsetzlich leid. Fazit; Sie hat es selbst herausgefunden, alles in Klaus' Laptop gelesen, auch Deine Antworten. In denen du, weiß Gott nicht zimperlich mit Klaus umgegangen bist. Hat aber alles nichts genützt, sie war wahnsinnig enttäuscht von der fehlenden Loyalität in unserer Freundschaft. Jetzt will sie mit uns nichts mehr zu tun haben, aber Klaus wohnt immer noch bei ihr. Ist es das, was wir wollen? Aus Rücksicht die Klappe halten und dann abgeschossen werden?" Es sind sicher auch einige Dinge an dir, die mich seit langer Zeit ungemein stören, wie sicherlich auch an mir, über die ich mich einfach nicht traue, mit dir zu sprechen, aus Angst, du könntest ausrasten. Irgendwie habe ich den richtigen Zeitpunkt wohl verpasst, mit dir darüber zu sprechen. Aber wo wir schon mal bei diesem Thema sind und du sowieso schon beleidigt spielst, bringe ich jetzt, heute mit 65 Jahren mal den Mut auf, dir einiges zu sagen. „Wie oft sah ich darüber hinweg, wenn wir im Restaurant oder Café saßen und du die Bedienung von oben herab behandelt hast, als sei sie dein Gesindel! Auch das ewige „sich groß tun" und definieren über Markenlabel kotzt mich schon lange an. Es ist mir peinlich in manchen Situationen. Deine Gereiztheit, oder Alters-Starrsinn, wie immer man es auch nennen mag, nimmt auch ständig zu, es ist nicht leicht, damit umzugehen. Du fühlst dich ständig im Recht, es ist manches Mal so verdammt anstrengend und aufreibend für mich und deine Mitmenschen!" „Na, meinte Moni, dann plaudere ich auch mal aus dem Nähkästchen, du bist so unheimlich negativ geworden, dass zieht mich richtig runter. Immer geht es dir schlecht, gut gemeinte Ratschläge werden einfach nicht akzeptiert. Bine und Ingeburg können deinen Leidgesang auch nicht mehr ertragen. Fang endlich mal an, an den Baustellen, die du hast, zu arbeiten und texte uns nicht pausenlos mit den immer gleichen Problemen zu. Solange du nichts änderst, wird es immer so bleiben. Mich wundert es nur, dass dich das Verhalten deiner lieben Verwandten immer wieder überrascht, dabei spielen sie immer noch die gleichen Spielchen mit dir. Es wird sich von alleine nichts ändern.

Okay! Wären wir in unserem Alter nicht so empfindlich, hätten wir bestimmt bessere Chancen etwas lockerer oder auch unkomplizierter miteinander umzugehen. Auch wenn man um seine weniger positiven Eigenarten weiß, tut es doch sehr weh, von anderen darauf aufmerksam gemacht zu werden!" „Moni, ich glaube wir sollten es jetzt dabei belassen, sonst bekommt unsere Freundschaft noch einen richtigen Knacks und das möchten wir doch bestimmt nicht, oder?"
„Moni, ich hab` dich lieb!" „Ich dich auch, Gitti!"

*Mögen wir noch so viele Eigenschaften haben,
die Welt achtet nur auf unsere schlechten.*

Moliere

*Lache nie über die Dummheit der anderen,
sie kann deine Chance sein.*

Winston Churchill

Adliger Kontostand

Letzten Freitag teilte mir meine Tochter so ganz am Rande mit, sie sei zu einem großen Event eingeladen. Einer ihrer Freunde ist mit einem Adligen liiert. Sie sind homoerotisch miteinander verbandelt, wenn ich es mal sehr vornehm ausdrücken darf. Der Graf überrascht mit einem Live-Konzert zum Geburtstag in seiner Riesen-Luxusscheune, die auch für Musikfestivals und andere Events genutzt wird. Es sind nur geladene Gäste dort, der ganze Hochadel ist präsent. Natürlich sind auch Politiker und Schauspieler vertreten. Greta, meine Tochter, ließ mich einen Blick in die Einladungsliste werfen. Mir verschlug es die Sprache, „Bist du noch gar nicht aufgeregt?", fragte ich sie. „Nö, warum, ich sehe doch gut aus, Kleidung wird sich schon finden, Kommunikation ist auch kein Schwachpunkt bei mir, und meine Sozialreputation kann sich doch auch sehen lassen! Ich habe keinerlei Probleme damit, mich unter diesen Hochadel zu mischen. Außerdem bin ich ja nicht alleine, ich darf eine Begleitperson mitbringen!" „Ach", erwiderte ich, „da bin ich aber gespannt, wer sich von deinen Freundinnen wagemutig ins Abendkleid schwingen wird!" „Da brauchst du gar nicht lange nachdenken", erwiderte meine Tochter, „die Wagemutige wirst du sein!" „ Ich, im Leben nicht, eher würde ich mit „Reiner Calmund" bei „ Let´s Dance" Quickstep tanzen, als zu diesem Event zu gehen!" „Ach Mutsch, du warst es doch, die mir ständig gesagt hat, wenn ich in einer Situation war, in der mich meine Zivilcourage verließ, stelle dir einfach alle Menschen in mausgrauen Unterhosen vor, dann wirst du erstmal schmunzeln und ganz schnell merken, dass es gar nicht so schlimm ist, wie man es sich ausgemalt hat! Jetzt bist du an der Reihe, Mutsch, dir den Landadel oder Verdienstadel, wie sie sich auch immer schimpfen, in mausgrauen Unterhosen vorzustellen! Wer weiß, vielleicht begegnet dir hier das große Glück und nächstes Jahr kannst du dich schon Freifrau von Hochmut nennen, Ha, ha!" „Och Greta, dann bleibe ich lieber eine freie Frau und genieße mein Singleleben, wie es jetzt im Moment ist!"

„Okay Greta", sagte ich nach einer kurzen Prosecco-Pause, „ich komme mit, meine Neugierde hat mich überzeugt!" Noch zehn Tage Zeit für die Kleiderwahl und die Restauration.
Das sollten dann auch die anstrengendsten Tage werden, die ich in den letzten Jahren erlebt habe. Meine Freundin Ursel meinte, sie würde ab sofort mein persönlicher Coach werden, was das Stylen und die Terminierung anginge. Ich solle auf alle Fälle, zur Kosmetikerin, Friseur sei sowieso Pflicht. „Falls dir dann ein Jüngling der Hocharistokratie den Hof macht, Ihr dann auch noch in Hochstimmung seid und er dich mit auf seinen hochadeligen Landsitz hochnimmt zu nächtigen, muss unbedingt eine hocherotische Intimfrisur erfolgen." Woher weiß Ursel, wie es zwischen meinen Beinen aussieht! Ich habe nie irgendetwas von einem Urwald verlauten lassen. Jetzt musste ich nur noch lachen, bei so viel Hoch kann ja wohl nichts schiefgehen, obwohl, der Hochstapler fängt ja auch mit Hoch an! Mit dem hatte ich bereits das Vergnügen und die Schnauze gestrichen voll. Oh, meine Ausdrucksart sollte sich aber ab sofort dem Hochadel anpassen. Wäre vielleicht sehr klug.
Meine Odyssee beginnt, grrrrrr.
Am sechsten Tag war ich Solarium geschädigt, am siebenten Tag besaß ich kein einziges Haar mehr am Körper, außer einem kleinen Herzchen zwischen den Beinen und meinem Kopfschmuck. Dafür bildeten sich aber genügend Quaddeln an den behandelten und malträtierten Stellen. Ich wusste bislang nicht mal, dass ich einen Damenbart hatte, meine Kosmetikerin machte mich dezent darauf aufmerksam. Ehe ich mich versah, war der auch weg, ich dachte, sie würde mir die gesamte Haut um den Mund gleich mit wegreißen. Aber zumindest die untere Schicht war noch zu erkennen. Krebsrot, Gott sei Dank, hatte ich noch drei Tage Zeit zum regenerieren. Sie meinte, „datt wird schon wieder!" Ich hatte beschlossen, ihr zu vertrauen. Der zehnte Tag näherte sich. Mittlerweile hatte ich das Gefühl, ich würde auf die Eheschließung mit dem Prinz von Wales vorbereitet werden. Heute stand die Mani- und Pediküre auf meiner Liste, welche meine Freundin Ursel so akribisch wie möglich abarbeitete. Sie achtete mit preußischer Genauigkeit auf den Ablauf. Soviel Schmerzen und Ausgaben für den Eventualfall. Im Moment wäre mir ein Maurer oder Buchbinder genauso herzlich

willkommen. Dann müsste Ursel ihren Zukunftstraum, eventuell einmal an meinem adeligen Hof Hausdame zu werden, ja ganz schnell wieder aufgeben. Kann ich mich nicht noch ganz schnell irgendwo verlieben? Ich sitze ganz relaxt in einem großen bequemen Stuhl, der mich schon ein wenig an meinen Gynäkologen erinnert. Die Dame vor mir bastelt unentwegt an meinen Füßen herum. Es ist mir fast peinlich, so etwas mache ich lieber selbst, aber meine kleine Freundin duldet keinen Widerspruch. „Du musst glatt wie ein Kinderpopo sein und gepflegt wie die Luxuskarossen der Hoheiten, gell!" Ich ließ alles mit mir geschehen, sie muss es ja am besten wissen, schließlich ist ihre Schwiegertochter mit einem Graf zu Hoch, auf und davon liiert. Also, wer sollte es besser wissen als Ursel. Zwischen meinen Zehen steckten mittlerweile Schaumstoffteile, welche verhindern sollten, dass die Füße nicht auch gleich mit angemalt werden! Dann bekamen meine Nägel einen hocherotischen rubinroten Anstrich. An meinen Händen thronten mittlerweile überdimensionale lange Plastiknägel, bespickt mit kleinen hoheitsvollen Swarowskisteinchen. Mich erfasste augenblicklich die Panik, wie ich, was ja wohl jeder mal muss, nämlich den Allerwertesten putzen, das machen soll! Nicht dass mir versehentlich ein kleines Steinchen kleben bleibt und irgendwo reinrutscht. Na ja, dann kann ich zumindest einmal von mir behaupten, dass ich Diamanten scheißen kann. So, ich bin fertig, nicht nur mit den Nägeln, das ist wirklich nicht meine Welt. Ich habe das Gefühl, ich entgleite meiner Persönlichkeit. Das bin ich doch gar nicht mehr.
Endlich ist der zehnte Tag erreicht, mein Friseurtermin steht, ich bekomme Strähnchen, hellblond, das würde immer sportlich und agil aussehen, meinte Ursel. Meine Haare sind noch lang und sollten es nach meiner Meinung auch bleiben. Aber meine Freundin hatte bereits alles geklärt und im Griff, wie mir Renate, die Friseurin mitteilte. Nachdem die Farbe ausgewaschen war, drehte mich die nette Dame einfach dem Spiegel abgewandt um. Ich war ohnehin seit zehn Tagen ein gebrochenes Wesen. Mir war jegliche Lust, Neugierde und Freude auf dieses adlige Fest vergangen. Alles tat mir weh, die Beine, das Gesicht, der verbrannte Rücken, das Umfeld des kleinen Herzchens zwischen den Beinen und meine Nägel fühlten sich wie Fremdkörper an. Ich hatte das Gefühl, wie Struw-

welpeter auszusehen. Wie soll ich denn damit einem Grafen den Rücken kraulen, ohne ihm dabei lange tiefe Schnittwunden zuzufügen. Oder andere Körperteile, dann kann ich mir ja gleich ein Skalpell mit ins Bett nehmen. Das kann doch gar nicht gut ausgehen. Was schnippelte die Friseurin denn nur so lange an mir herum? Endlich kam der Föhn zum Einsatz. Als sie mich dann nach endlos langer Zeit umdrehte, bekam *ich* einen Föhn. Ich schrie lauthals durch den Laden. Mir schwanden alle Sinne, die ich noch besaß, ich hätte heulen und kotzen zugleich können. War die farbenblind, wo sind die blonden Strähnen? Wieso sind meine Haare kupferrot? Ich sehe aus wie Pippi Langstrumpf. Dazu noch das rote Solarium geschädigte Gesicht, fehlen nur noch die Sommersprossen, die kann ich mir ja zur Not noch aufmalen. Wo sind meine langen schönen Haare? Ich werde verrückt, gleich bringe ich sie um! Bin soeben stolze Besitzerin eines konservativen Pagenkopfes geworden. Ursel meint, dass sei sehr klassisch und würde gut ankommen. Ich nahm mir nicht mal mehr die Zeit, den Umhang abzustreifen, ich lief in die nächstbeste Kneipe und bestellte mir einen doppelten Kognak. Der Mann hinterm Tresen fagte, „lassen Sie mich raten, Scheidung oder Beerdigung?" „Sie sehen so fertig aus!" Na, dass kam ja gut bei mir an. Ich sah also mit meiner Frisur, meinem durchgestylten Outfit, was mich mehrere hundert Euro und Nerven ohne Ende gekostet hatte, nur gut genug für eine Trauerfeier aus! „Ne, ich trete gleich im Theater als Struwwelpeter und Pippi Langstrumpf zugleich auf!" Meine Nerven lagen blank, als meine beste Freundin in die Kneipe stürmt, im Schlepptau meine Tochter Greta. Ich hatte mittlerweile schon den zweiten doppelten Kognak weg gewuppt und sang aus vollem Hals:
„2mal 3 macht 4,
widdewiddewitt und drei macht Neune!!
Ich mach mir die Welt,
widdewidde wie sie mir gefällt.
Hey- Pippi Langstrumpf, trallari, trallahey, tralla hoppsasa
Hey – Pippi Langstrumpf, die macht was ihr gefällt...."
Greta schrie schon von weitem, „Mami, wie siehst du denn aus, wo sind deine schönen langen Haare?" Ursel antwortet netterweise für Pippi, „davon verstehst du nichts, deine Mama sieht gut aus, sie

will ja schließlich auch in den Adel eintreten, dann kann man in ihrem Alter nicht mehr wie eine Flower-Power-Teeny durch die Weltgeschichte laufen, so ist ihr Habitus standesgemäß. Ihr werdet mir noch die Füße küssen vor Dankbarkeit!" Worauf der nette Mann hinterm Tresen ganz leise vor sich hin brummelte, „dir sollten sie lieber mal die Haare von den Zähnen rasieren!" Meine Tochter nahm mich in den Arm und meinte, „Mami, wir müssen jetzt nach Hause, uns umziehen, in genau drei Stunden geht der Event los." Ich ließ mich willenlos mitschleifen, ist mir doch alles schnurz, piep, egal, was passiert. Trinke ich eben noch einen Kognak, dann ziehen die Majestäten vielleicht ja noch ihre mausgrauen Unterhosen aus, ha, ha, das wäre zu komisch!

Punkt neunzehn Uhr fuhren wir auf das Gutsgelände, über Kopfsteinpflaster ging es dann endlos weiter bis an die angrenzenden Felder. Ich redete meinem Magen gut zu, dass er sich ja beruhigen solle, ich versprach ihm einen großen Kräuterschnaps, wenn er mich nicht im Stich lässt. Das sagte er der Leber weiter und beide fanden die Idee richtig gut und befanden sich in Hochstimmung. Sie gaben Ruhe. Um uns herum wurden wir von hunderten Unimogs, Treckern, Jeeps und Hanomags begrüßt. Ich vermisste die feurigen großen Geländewagen, die Oldtimer, den Porsche, den Rolls Royce, den eleganten Bentley und den Jaguar, wo parken die denn? Suchende Augen, aber nichts zu erblicken. Wir gingen dieses Mal hochhackigen Fußes über besagten Kopfstein, meine Konzentration hierbei, ließ mich augenblicklich wieder einigermaßen nüchtern werden. Ah, Konstantin, Gretas Freund stand zur Begrüßung mit dem Herrn Grafen am Eingang der Scheune. Draußen wurden wir von mächtigen Qualmwolken empfangen, die mich sofort husten ließen. Dabei tränten meine Augen ganz fürchterlich, natürlich hatte ich das vornehme Leinentaschentuch nicht dabei, aber ich wollte ja auch niemandem hinterher winken, sondern jemanden kennenlernen! Also gab Greta mir das gute alte Tempotuch, ohne mir zu sagen, dass es mit Menthol ist. Was sollte mich noch erschüttern? Rote tränende Augen waren da im Moment für mich nur eine lästige Randerscheinung. Pah, da lache ich doch drüber. Wer mich nicht so nimmt, wie ich aussehe, hat mich einfach nicht verdient, so einfach ist das! Und die zweite Rauchwolke umhüllte uns bereits, als ich merkte, dass es hinter meinem Rücken etwas heiß wurde. Plötzlich schrie jemand und drosch fürchterlich auf mich ein, ich wollte mich gerade wehren, als mir meine Tochter den gerade sündhaft teuer erstandenen Kaschmir-Schal von der Schulter riss. Er stand in hellen Flammen. Da war ich wohl etwas zu dicht an die vielen Fackeln im Eingangsbereich gekommen. Das war natürlich ein super toller Begrüßungseffekt für mich, hunderte von Augen taxierten mich, manche schmunzelten über mein Missgeschick, andere wendeten sich wieder ihrer Wildbratwurst im Brot zu und einige taten so, als sei nichts geschehen. Ist ja auch nichts geschehen, keine Verletzungen äußerlich zu erkennen, nur hundertfünfzig Euro verbrannt und mein geringes Selbstwertgefühl ganz im Arsch.

„So, rief meine Leber, wo bleibt der versprochene Kräuterschnaps?" Ich bewegte mich auf meinen neuen Stilettos Richtung Bar, wie mein Ex, wenn er von einer sehr langen Fahrradtour vom Sattel stieg und versuchte, in Richtung Haustür zu gehen. Nach dem tollen Gefühl, welches mir ganz genüsslich die Kehle runter lief, steuerten wir die fürstlichen Dixi-Klos an. Es hing sogar ein großer Spiegel an der Wand, ob für die Schweine oder für uns, weiß ich nicht, aber den Rissen nach zu urteilen muss er schon seit ewigen Zeiten hier im Stall hängen. Na ja, sind ja auch adlige Schweine, vielleicht werden die sogar gestylt, bevor sie zum Schlachten kommen! Nachdem ich mich wieder einigermaßen restauriert hatte, wollte ich raus und mir einen gutaussehenden Grafen suchen. Meine Tochter lachte und meinte, „endlich kommt die alte Mama wieder zum Vorschein, lass uns jetzt Spaß haben!" Wir gingen wieder hinaus und bedienten uns auch an der köstlichen Bratwurst und den leckeren Soßen. Unter freiem Himmel, direkt am Eingang zum fürstlich gestylten Schweinestall, waren Grills aus Edelstahl aufgestellt. Köche mit weißer Mütze bedienten den Hochadel feudal mit ganz ehrlichem, einfachem Essen. Überall sah man Gummistiefel, wenngleich auch nur die teure Marke. Es kamen immer mehr Leute, ganz unterschiedlich von der Garderobe, einige in Parka, wieder andere im Janker, die gute alte Burberry war natürlich auch darunter vertreten. Ich fragte Konstantin, wann denn der geladene Hochadel erscheinen wird! „Welcher Hoch-

adel?" wiederholte er verwundert. „Na," sagte ich, „die Grafen und wie sie sich alle nennen, die sogenannten Durchläufe ‚ha,ha!"„Wieso, meinte Konstantin, „mehr Hochadel auf einen Haufen hast du doch bestimmt noch nie gesehen, außer im Fernsehen, um die zweihundert sind bestimmt schon hier!" „Was" erwiderte ich, „so ziehen die sich an, das ist der Adel?"
Ich verstand die Welt nicht mehr und dackelte zurück in die Scheune zu meiner Tochter. Dort wurde fleißig das Tanzbein in Cordhosen geschwungen. Jetzt erst merkte ich die Blicke, welche mir teilweise verächtlich, höhnisch oder auch neugierig zugeworfen wurden. Ich war hier zur Hauptattraktion, zum Blickfang geworden. Man könnte mich auch das Medienereignis auf Gut Fuchshagen nennen. Es gab niemanden in Abendgarderobe, nicht mal der leichteste Ansatz war irgendwo zu erkennen. Alle hüpften lustig im Landhauslook über die Dielenbretter, wo früher die Schweine drauf geschissen haben. Das ist natürlich überspitzt ausgedrückt, aber ein ehrliches Gefühl, was mich gerade überkam. Und es überkam mich noch mehr, nämlich das kalte Grausen, als ich an mein Konto denken musste, was mich mein Styling gekostet hatte, um in einem umgebauten Schweinestall, unter lauter nach Muff, Pferdeäpfel stinkenden und dem Rauch von Wildbratwurst geschwängerten Ausdünstungen, nach Volksmusik tanzenden unterschiedlicher Gestalten ab sechzig aufwärts teilnehmen zu können. Ich hatte doch gleich von Anfang an das Gefühl, dass ich mehr für eine Hochzeit im Königspalast zurecht geformt wurde. Rosafarbener Zweiteiler, mit wollweißem Kaschmir Schultertuch, cremefarbene High Heels und dazu einen roten Pagenkopf. „Danke Ursel, hättest du mir „meinen" Look gelassen, hätten mich heute mindestens zehn „Bauern" an jeder Hand zum Tanzen auf Gut Fuchshagen im Schweinestall aufgefordert! Davon hätte ich mir dann den „Richtigen" rausgepickt und schon so umgestylt, wie ich ihn gerne gehabt hätte!"

Nun hoffe ich ganz schnell, dass mein „kleines Herz" zwischen den Beinen bald verschwindet, damit die Erinnerungen an diesen für mich so unheimlich gelungenen *EVENT* ganz schnell verblassen!

Sie scheinen mir aus einem edlen Haus: Sie sehen stolz und unzufrieden aus

Johann Wolfgang von Goethe

Schwiegermutter, mein wahr gewordener Alptraum

Sie war für ihr Alter immer noch eine äußerst attraktive Frau, silbergraues Haar, flotte Frisur, aber nach sieben Tage Nullwäsche konnte man ihr glatt ein Ei ins Nest am Hinterkopf legen. Die Nägel und Lippen stets in Pink geschminkt, die Zähne gleich mit. Ihre Garderobe wirkte immer sehr edel, man durfte nur nicht genau hinschauen, da konnte man schon leicht erkennen, was es zum Mittagessen gab. Auch das Make up wurde gleich mit an ihrem Blusenkragen fixiert und da klebte es nach einer Woche immer noch. Ihre Handtasche war die reinste Wundertüte, sie wäre bestimmt ein tolles Requisit für jeden Zirkusclown. Vom abgelaufenen Osterei um die Weihnachtszeit, bis hin zum restlichen Giros vom Griechen, welches sie sich in die Serviette wickelte und in der Handtasche verschwinden ließ. Manchmal kam auch ein Mettwurstbrötchen liebevoll in Folie eingepackt zum Vorschein. Wie lange das schon im äußersten Winkel auf Erlösung wartete, bleibt nur zu vermuten, aber sie war die „Grande Madame" oder besser ausgedrückt, „SIE" wollte so behandelt werden. Ich weiß nicht, wie oft ich und auch unsere Familie unter diesem Standesdünkel gelitten haben. „Kontaktscheu," war ein Fremdwort für Schwiegermutter. Ihr Bekanntenkreis war groß und sie genoss es, Anerkennung zu bekommen. Auf jeder Feier glänzte sie und fühlte sich in ihrem Element. Durch die lange berufliche Selbstständigkeit lernte sie auch viele elitäre Leute kennen. Meine Schwiegermutter hatte ein sehr hoch angesiedeltes, herrschaftliches Denken. Was aber in keiner Weise zu ihrer Herkunft und Lebensart passte. Frau Hochwürden und Herr Kommerzienrat, alle von „zu" und „daneben" nahmen bei ihr einen immens hohen Stellenwert ein. Sie umgab sich ausschließlich mit diesen studierten und so piekfeinen Leuten. Darin ging sie auf, ihr so ausgeprägtes Geltungsbedürfnis führte sogar soweit, dass sie eine Namensliste verfasste, wer ihr zum Geburtstag gratulierte. Alle Anrufer wurden lückenlos aufgeschrieben. Am nächsten Tag sonnte sie sich darin. Ihr größter Wunsch war es, einmal mit der Transsibirischen Eisenbahn zu fahren. Wenn ich über die finanziellen Mittel verfügen würde, hätte ich ihr längst diesen Wunsch erfüllt, aber ohne Rückfahrschein. Mit ihrem Standesdünkel machte sie uns das Leben zur Hölle. Es war nicht auszuhalten. Vielleicht hätte ich ihr mal einen Termin beim Schönheitschirurgen organisieren sollen, der hätte sie dann eventuell von ihrer Hochnäsigkeit befreien können. Langsam gesellte sich noch die Altersdemenz hinzu, mittlerweile kannte sie nicht nur „einen" General, sondern eine ganze Armee. In ihrem Seniorenheim kamen ständig „neue illustre Nachbarn" hinzu. Bald wohnten dort nur noch Admiralitätsgattinnen, Zahnarztfrauen und andere hoch dotierte Leute. Leider sind sie uns nie vorgestellt worden.Die umliegenden Autoreparatur-Werkstätten haben sich durch Schwiegermutter eine goldene Nase verdient. Ihre technische Unwissenheit ließ sie das Kupplungspedal immer gleichzeitig mit der Bremse betätigen, da kamen schon einige Kupplungen in sechzig Jahren zusammen. Selbst ein Feuerzeug war für sie eine Faustwaffe. Es war einfach nicht möglich, ihr das Anzünden einer Zigarette beizubringen, ohne dass ihre Finger Kamasutra verdächtig aussahen. Für Schwiegermutter ist ein Ec-Gerät das Cockpit einer Boing 707, aber eines musste man ihr lassen, sie war robust wie das Feldgestein von Neuengland. In ihren neunundachtzig Jahren hatten die Krankenhäuser gerade zweimal das Vergnügen mit ihr. Und das im wahrsten Sinne des Wortes. Jetzt sollte es wieder soweit sein. Das dritte Mal stand vor der Tür. Natürlich lag Madam First-Class und hatte Anspruch auf Chefarzt Behandlung. Schon lange vorher, aber wie lange vorher wusste ich nicht, hatte Schwiegermutter ihren Notfallkoffer gepackt, „mein Deern, falls mal was passiert, es ist alles gepackt, steht in der Abstellkammer!" Im Krankenhaus angekommen, durfte großzügigerweise Schwester Elisabeth diesen wohlbehüteten Schatz auspacken. Der Inhalt wird wohl noch Jahrzehnte lang bei der Belegschaft für Gesprächsstoff sorgen. Zwei Nachthemden, von Motten durchfressen, beim Hochheben fielen sie zusammen wie Asche. Die Handtücher ebenso. Das Stück Seife hatte noch den Aufkleber von Kepa drauf, einem Kaufhaus, welches seit mindestens dreißig Jahren nicht mehr existierte. Auch ihr Kölnisch-Wasser erfreute sich mittlerweile eines, bzw. dritten neuen Outfits. Oh, mein Gott war das peinlich. Von Schwiegermutters Puschen wollen wir hier gar nicht mehr sprechen. Ich glaube, Ingrid Steeger in „Klimbim" hatte diese

Mode zuletzt präsentiert. Der Bademantel war inzwischen wieder Retro, Olli Diedrich trägt ihn jeden Samstag als Ditsche im Fernsehen, aber Grande Madam hat diesen Koffer gehütet wie ihren Augapfel.

Ab neunzig wurde sie zahmer....
Jeden Sonntag holten wir Schwiegermutter mit dem Auto ab, zum obligatorischen Kaffeetrinkenfahren. Zwei Straßen weiter wartete ihre Freundin, wir hielten an und sie stieg ein, Schwiegermutter; „Guten Tag, mein Name ist Lehar, kennen wir uns?" Nächstes Wochenende holten wir erst ihre Freundin und dann Schwiegermutter ab. Was soll ich sagen, das gleiche Prozedere wie letztes Mal. "Guten Tag, ich bin Frau Lehar, das ist aber nett, dass meine Kinder Besuch mitbringen, wer sind Sie?" Honigsüß, man könnte glatt zuckerkrank davon werden. Ich verzweifle langsam, neulich rief sie mich an, völlig außer sich, sie hätte Besuch von einem Nachbarn bekommen, welcher über Halsschmerzen klagte. Schwiegermutter bewahrte alle Pillen in einem Blumenübertopf auf. Je nach Laune nahm sie ein Paar mit der bloßen Hand in den Mund und die Richtigen werden schon dabei sein. Wenn nicht morgens, dann eben abends. Die Halswehtabletten waren bestimmt die rosafarbenen. Das Russische Roulette für den Nachbarn begann. Er lutschte die Pille und hatte wenige Sekunden später Schaum im Mund. Ich vermute, es waren irgendwelche Verhütungsmittel, die aus Sparsamkeit mindestens fünfzig Jahre aufbewahrt und mit in den alltäglichen Medikamentenübertopf geworfen wurden. Meine Schwiegermutter entwickelte sich so langsam zum Albtraum. Sie trug ihren Kopf so hoch, dass sich bereits ein Doppelkinn in ihrem Nacken gebildet hatte. Ich spielte immer mehr mit dem Gedanken, sie in die Transsibirische Eisenbahn zu setzen. Aber warum soviel Geld ausgeben, wenn man es auch einfacher haben kann. Ich fuhr in den MediaMarkt und kaufte einen Beamer, eine Leinwand und einen Filmvortrag über die Fahrt mit der Transsibirischen Eisenbahn. Abends holten wir Schwiegermutter aus dem Seniorenheim ab und setzten sie vor das Heimkino. Ihre Fahrt ging von Moskau bis nach Wladiwostok. Ganze 9288 km, am Baikalsee vorbei. Schwiegermutter war so richtig in ihrem Element, sie saugte die Beiträge förmlich auf. Nach drei Stunden brachte ich einen glückli-

chen Menschen nach Hause. Einige Tage später überraschte ich sie im Heim, sie saß im Aufenthaltsraum umringt von einigen Mitbewohnern und schwelgte von ihrer großen, langen Fahrt mit der „Transsib," die sie vorgab, vor einigen Monaten gemacht zu haben. Ich setzte mich in eine Ecke und hörte gespannt zu. Schwiegermutter erzählte, erzählte und erzählte. Sie hätte mit dem Zaren Peking-Ente gegessen und mit vielen hochgestellten Leuten an der Zarentafel gesessen. Außerdem hätte sie mit dem Zaren eine Kaviar- und Wodkaparty gemacht. Ein bekanntes typisches, russisches Trinkgelage. Alle hörten interessiert zu und wagten es nicht sich zu bewegen, geschweige denn irgendwelche Einwände geltend zu machen. Langsam kam sie zum Ende, ihr Schlusssatz war; „Ich bin stolz, dass ich die längste und legendärste Eisenbahnstrecke der Welt befahren durfte, mehr als achtzig Stationen und sechzehn große Flüsse haben wir überquert. Zweihundertsieben Kilometer am Baikalsee entlang, es war ein Traum!" Für mich war es ein Traum, hier zu sitzen und miterleben zu können, wie hell Schwiegermutter heute im Kopf war und was sie alles abgespeichert hatte. Auch mit welcher Überzeugung sie alles herüberbrachte, man könnte meinen, sie sei gestern erst zurückgekommen und wirklich mit der Transsibirischen Eisenbahn gefahren. Es war traurig, dass ich nicht wusste, ob sie sich nur interessant machen wollte oder ihre Altersdemenz in großen Schritten auf uns zusteuerte. Kurze Zeit danach rief das Seniorenheim an, Schwiegermutter sei im Einkaufszentrum mit Nachthemd und Aktentasche aufgegriffen worden. Sie legten uns nahe, sie in einem Pflegeheim unterzubringen, da solche Situationen sich in letzter Zeit häuften. Ihr Gedächtnis ließ rapide nach. Wir fanden bald ein schönes Heim für sie. Dort saß sie nur noch in ihrem Sessel oder im Park auf der Bank. Mittlerweile war Schwiegermutter lammfromm geworden. Das Blatt hatte sich gewendet, sie klammerte und kämpfte um unsere Zuneigung. Sie war dankbar für jede Minute, die wir mit ihr verbrachten. Das war uns ganz fremd. Immer wenn ich sie besuchte, erzählte sie mir von der großen Reise, vom Zaren und von der Schönheit der verschiedenen Stationen. Einige Tage später besuchte ich sie wieder. Sie saß im Rollstuhl, als ich näher kam, erhellte ein strahlendes Lächeln ihr Gesicht.

„Oh, Frau Goldbaum, das ist aber eine Freude, dass Sie mich hier besuchen! Mir ist so entsetzlich langweilig. Sie sind doch auch alleinstehend, oder? Was halten sie davon, wenn wir „zwei Alten" unseren Koffer packen und drei Wochen die große Fahrt mit der Sibirischen-Eisenbahn starten, bevor wir auf „unsere letzte große Reise" gehen?"
Ich lächelte zurück, willigte ein und spielte das Spiel mit.....

Zwei Tage später hat Schwiegermutter ihre „letzte große Reise" allein angetreten....
Und ob Sie es glauben oder nicht, sie fehlt mir!

Manchen glückt es, überall ein Idyll zu finden:
Und wenn er's nicht findet, so schafft er's sich.

Theodor Fontane

*Früher habe ich einen Raum voller Menschen
betreten und mich gefragt,
ob sie mich mögen.....*

*heute schaue ich mich um und frage mich,
ob ich sie mag.*

Äh Digger, isch mach disch plad

Vor einigen Tagen hatte ich wieder einmal das große Glück, meinen Enkel Timmy bei mir zu haben. Er ist dreizehn Jahre alt und bestimmt weit davon entfernt, mit seiner Oma „Mensch ärgere dich nicht" zu spielen. Wir saßen gerade am Mittagstisch, als er meinte, „Omi, weißt du was, mir ist in letzter Zeit irgendwie meine Sprache abhanden gekommen! Ich glaube, ich kann bald nur noch türkisch, oder besser gesagt, deutschtürk, das ist im Moment unsere Insidersprache auf dem Schulhof!" Diese Worte gingen mir lange nicht aus dem Kopf, ich muss auch dazu sagen, dass ich es seit geraumer Zeit selbst bemerkt und mich auch gewundert habe, wie die Jugendlichen untereinander kommunizieren. Ein paar Tage nach diesem Gespräch holte ich ihn von der Schule ab. Ich wartete vorm Eingang, blieb aber im Auto sitzen, um das Straßentheater mal vom Logenplatz aus anzusehen. Die coole Begrüßungszeremonie begann, man könnte es auch Körpertheater nennen. Zwei dreizehnjährige begegnen sich auf gleicher Höhe, die rechte Hand wird zur Faust gemacht, dann dürfen sie sich nur ganz seicht streifen. Auf keinen Fall darf dies wie ein fester Handschlag aussehen, das würde dann in die Kategorie des völligen „Uncool seins" fallen. So etwas nennt man heutzutage auch Opferhaltung. Der Gesichtsausdruck darf kein Interesse an seinem Gegenüber zeigen, das wäre voll daneben, er muss mega gelangweilt aussehen. Jetzt kommt das Wichtigste, der Sprechakt, oder das Sprechtheater. Tja, wie soll ich es nun wiedergeben, man muss es einfach miterleben, es ist die reinste Parodie.
Eine Insidersprache, ich muss sie nicht verstehen, was ich aber stark unterscheiden konnte, es hat absolut nichts mehr mit unserer Muttersprache zu tun. Also, ich versuche mich mal in diesem Idiolekt auszudrücken.

„Na Digger, was geht?
Komm Alder, schlag ein!"

Klingelt das Handy und es nimmt niemand ab, heißt es,

„äh Alder, geh an dein Telefonn ran, sons mach isch disch kald, denn isch weis, wo dein Haus wohnt, verschtest du?"
Oder, „äh Alder, dein Aasch sieht besser aus as dein Gesisch!"
Zum Hemd mit kurzem Ärmel sagt man, „äh Alder, is total cool, Hemd mit kuser (kurzer) Hose!"
„Äh, bist du beschwindert," auf hochdeutsch: bescheuert und behindert.
Dabei stehen sie dann da mit ihren Jeans, die bis zur Kniekehle hängen und aussehen, als hätten sie sich in die selbige geschissen. Schuhe, groß, klobig und verschiedenfarbige Schnürsenkel, anscheinend geht der Trend heute Richtung Klumpfuß. Es gab Zeiten, da sah man ihn als Behinderung an. Die Frisuren gab es irgendwie auch schon mal, so Ringo Star mäßig gesehen, wenn sie verstehen, was ich meine. Auf alle Fälle sehen alle gleich aus, man könnte annehmen, ein Friseur hätte das alleinige Monopol auf diesen Schnitt erhalten. Bis über die Ohren und fransig ins Gesicht ohne Scheitel, absolut trendy. Der lange Pony bis über die Augen. Das ist sehr wichtig, damit man beim Zurückwerfen obercool aussieht. Das allerwichtigste Requisit, was zur Kraftmeierei gehört, ist natürlich das Handy. Am besten das allerneueste Smartphone, denn der Mediengeilheit sind nach oben keine Grenzen gesetzt. Es muss sich ja auch lohnen, wenn es an der nächsten Bushaltestelle geklaut wird. Während die kleinen Wichtigtuer fleißig simsen, fliegt der Pony ununterbrochen mit einem lax aussehend wirkenden Schmiss nach links. Dabei rollen die Augen suchend in Richtung Mädels, alles natürlich in äußerst lässiger Form und völlig desinteressiertem Gehabe.
Eines verspreche ich, ihr kleinen Kraftmeierchen, irgendwann werde ich eure Überzüchtung filmen und sie bei gegebener Zeit vielleicht als kleine Überraschung zu eurer Hochzeit zum Besten geben.

Fallen ist keine Schande, aber liegen bleiben.

Das Leben.....

im Zeitalter der elektronischen Unterhosen

Ich glaube, dass ich ein modern denkender Mensch bin und aus diesem Grund auch ein wenig Kritik üben darf! Mein Enkel wird es mir im Moment vielleicht noch ein wenig übel nehmen, wenn er meine kleinen Geschichten hier liest, aber das nehme ich dann mit einem lachenden Auge gerne so hin! Diese ganze Kraftmeierei, das Imponiergehabe und die Profilierungssucht sind doch eindeutig auf folgendes zurück zuführen: Hab ich nicht das neuste Handy, nehme ich schon die Opferhaltung ein! Trage ich keine Kleidung mit teurem Label, gehöre ich in die Arbeitgeberpartei! Bin ich voll der Loser! Es fängt doch schon beim Pausenbrot an, ich fragte Timmy, was er denn so mitnehmen würde! „Omi, das ist jetzt nicht dein Ernst. Gar nichts, ich kaufe mir etwas, wie uncool ist das denn bitte schön!" Das war seine Antwort.
Ein ganz lieber Mitschüler, der mir persönlich sehr ans Herz gewachsen ist, kommt aus einem Elternhaus, wo noch die alten Traditionen gelten, er lässt sich nicht von diesem Trend mitziehen. Timmy brachte ihn öfter mal zum Essen mit zu uns. Jan nimmt seine verschiedenen Butterbrotdosen voll Gemüse und Brot mit. Auch seine Kleidung entspricht nicht den heutigen Trends. Er ist äußerst höflich und zuvorkommend, auch seinen Schulkameraden gegenüber hilfsbereit und zuverlässig. Ich könnte eine Menge an Adjektiven aufzählen, aber der Preis ist hoch, er wird ausgegrenzt. So etwas hat heute keinen Stellenwert mehr. Wenn ich ihn sehe, könnte man meinen, er spiele noch mit Murmeln und lässt das gute alte Gummitwist wieder auferstehen. Ich erinnere mich, es war eine schöne Zeit, auf die ich gerne zurück blicke. Natürlich zeigt es uns auch, dass es schon immer irgendwelche Statussymbole gegeben hat. Ich war glücklich wenn ich einige Tonmurmeln in hochwertige Glasmurmeln tauschen konnte. Auch das Gummitwist wurde nach seiner Stärke beurteilt, das „Dünne" konnte sich nur die Unterschicht leisten, das „ Breite" die Oberschicht. Auch ließen Knoten

erkennen, aus welchem Stall man kam. Aber früher stand man irgendwie dazu. Es gab noch den Zusammenhalt in der Gruppe, heute definiert man sich schnell über Statussymbole.

Was ich einfach sagen möchte, ist die Tatsache, dass es sehr traurig ist, sich selbst nicht mehr treu zu sein. Warum steht man nicht mehr zu den Dingen, die gefallen. Warum laufen die Jugendlichen in Einheitskleidung rum! Warum muss die Jacke oder der Schuh sie nicht wärmen, sondern nur gut aussehen. Teuer und mit einem Label versehen muss es sein, um mithalten zu können. Es ist ein künstliches Verhalten, du bist nicht mehr der, der du eigentlich bist. Daran gehen viele zu Grunde und bei weitem nicht nur die Jugend. Es beginnt ja leider schon bei sehr, sehr vielen im Elternhaus, wo sich diese Dinge manifestieren. Mindestens fünf verschiedene Kreditkarten, eine Luxuskarosse, einen kleinen Stadtwagen, um die Kiddies in den Kindergarten zu fahren, den Mittelklassekombi zum Einkaufen und für die dreckigen Hunde, den Range Rover. Das große Anwesen in einem Vorzeigeort mit Segelhafen und eigener Segelyacht. Wie hieß doch noch gleich dieses Lied? Es ist alles nur geborgt, es ist alles nur gelogen, toller Text! Kleidung ab einer bestimmten Summe und Marke, ausreichend Taschengeld, aber wo bleibt das, was wichtig ist! Wo bleiben die Werte, wo bleiben die Ideale, was wird den Kindern vorgelebt! Und vor allen Dingen, wie fühlen die Jugendlichen, die nicht mithalten können. Die ausgelacht werden, weil die Jeans nicht so trendy ist, weil das Handy nicht auf dem neusten Stand ist, weil der Jacke das Nobel-Emblem fehlt, weil, weil, weil!

Den Kindern wünsche ich von ganzem Herzen, sich selbst treu zu bleiben und mit viel Kraft die Schulzeit durchzustehen. Ein kleines Beispiel: Ich wohne an einem großen Segelhafen, über das Jahr nehmen hier ganz viele kleine Optimisten (Bootsklasse) im Alter zwischen zehn und fünfzehn Jahren an einer Regatta teil. Während einer fiel mir auf, dass sich einige doch sehr voneinander unterscheiden. Die eine Gruppe segelt und hat Spaß, sich mit Gleichgesinnten zu messen. Die andere Gruppe führt ihre zwei Meter dreißig Miniyachten den Gegnern vor oder noch schlimmer, die Eltern demonstrieren mit dem Material, das sie ihren Kindern zur Verfügung gestellt haben, ihren Status. Der Mast besteht auch nicht aus

Bambus oder einem Besenstiel, sondern aus hochwertigem Spruce mit Rennbeschlägen. So führen nicht das seglerische Können und die körperliche Kondition zum gewünschten Erfolg, sondern das Portemonnaie der Väter. Bereits in diesem Alter bekommt das Wort Materialschlacht schon seine Bedeutung. Auch die Kleidung spielt hier eine besondere Rolle, während die erstgenannte Gruppe mit ganz einfachen und praktischen Klamotten segelt, findet man bei der anderen Gruppe keinen Troyer mit Löchern oder ausgetretene Segelschuhe. Hier sieht alles ganz nobel und vornehm aus. So weit das Auge reicht, nur Markenklamotten. Glauben sie mir, hier geht es nicht darum, was die Kinder möchten, hier geht es darum, wie die Eltern denken. Es geht ums Prestige. Ich kann meinem Kind „das" bieten. Ob sie es auch wirklich können, sei noch dahingestellt. Die Medien tragen auch einen großen Teil dazu bei! In Australien kommt schon die erste elektronische Unterhose für inkontinente Senioren auf den Markt. Sie sind mit einer Wegwerfwindel und einem Sensor ausgestattet, der mit einem Computer verbunden ist. Das heißt, ist es passiert, setzt der Träger eine Nachricht an den Betreuer ab. Wenn ich also beim Supermarkt an der Kasse stehe und es anfängt zu piepen, könnte ich davon ausgehen, dass neben mir jemand in die Hose gemacht hat. Na, das kann ja lustig werden, also sollten Frau und Mann in der Öffentlichkeit gründlich vermeiden, in irgendeiner Form Geräusche von sich zu geben, welche auch nur Anlehnungsweise an ein piepen erinnern. Sonst könnte die Kacklaune mal ganz schnell zu einer ausgewachsenen Scheißlaune werden, wenn alle auf dich starren und anfangen, angewidert zu schauen.
Vielleicht erleben unsere Kinder ja noch den technischen Fortschritt mit, dass es anfängt zu hupen, wenn man Lust auf Sex hat. Oder vielleicht singt meine Uroma sich ja noch dank der Technik von morgen zur „Madonna der Geriatrie"

Glücklichsein ist wichtig, eine Eigenschaft, die den Menschen fremd wird, wenn sie ihrer Gier nach Macht und Besitz folgen.

*Viele Menschen sind zu gut erzogen,
um mit vollem Mund zu sprechen,
aber sie haben keine Bedenken,
es mit leerem Kopf zu tun.*

Oscar Wilde

*Die Handlungen und Taten
eines Menschen
verraten Dir alles über ihn,
was Du wissen musst!*

Elmar Rassi

Stammtischgeflüster

Aus Paulas Tagebuch

Es ist wieder mal ein herrlicher Sommertag, meine Sorgen haben gut geschlafen und sind gut erholt und Energie geladen wieder da, ich hingegen könnte antriebslos wieder in die Kissen zurückfallen. Meine Obermieterin hat bis spät in die Nacht wieder Stress mit ihrem Radikalinski gehabt. Deshalb gelüstet es mich nach einem Spaziergang ans Wasser.
Mein Hund freut sich schon, endlich darf er Zeitung lesen. Sie wissen nicht was ich meine? Schnüffeln, schnüffeln und wieder schnüffeln, hier ist Frau Maier lang gegangen, da hat der Hund von Familie Puttfaken seine Duftmarke hinterlegt, hier riecht es eindeutig nach dem Postboten. Und ein paar Meter weiter gebärdet er sich wie toll, kratzt, jault und gibt seltsame Laute von sich. Es scheint so, als sei hier Frau Rosenkötter, „die nette Dame" über mir, mit ihrem Mofa lang gefahren. Das nennt man „Hundezeitungslesen." Wir bewegen uns Richtung Hafen, dort gibt es so schöne kleine Fischrestaurants und jede Menge Segelschiffe, etwas weiter hinten, fast am Anleger, liegen die Hochseeangler. Ich sehe gerne den Fischern zu, wie sie ihren Fang an den Mann bringen. Es fasziniert mich ungemein, in mir kommt dann immer eine zufriedene Stimmung auf. Vielleicht nennt man es auch ein wenig Fernweh. Ich war gerade so schön in meiner Traumwelt versunken, als ich jemand meinen Namen rufen hörte. Es kam aus einem Strandkorb, ich näherte mich ihm, meine Freundin hatte den gleichen Gedanken wie ich, auch sie wollte das schöne Wetter ausnützen und ließ es sich bei einem Glas Prosecco gut gehen. Ich gesellte mich gerne dazu. Es war so ein kleines Fischrestaurant direkt am Wasser, nicht weit vom Ehrenmal entfernt, die Besitzer hatten einige Strandkörbe bereitgestellt. Schon bald stand auch ein prickelndes Glas vor mir. Wir waren so richtig im Gespräch vertieft und bekamen gar nicht mit, dass sich langsam die Körbe und Tische füllten. Es gab auch Stehtische, direkt vorm Eingang. Irgendwie wurde es immer lauter und ich schälte mich ein wenig aus meiner Kuschelecke, um zu er-

kunden, was der Grund hierfür sei, da standen vier Männer unterschiedlichster Art und Gestaltung laut erzählend um den Tisch herum. Der edle Gerstensaft floss in Strömen und die Stimmung wurde immer ausgelassener. Meine Freundin und ich mussten doch schon sehr schmunzeln, ob unsere Männer am Stammtisch auch so lauthals rum grölten nein, meiner macht so etwas nicht, da bin ich mir ganz sicher. Gaby haderte ein wenig mit ihrer Meinung, kam aber dann doch zu dem Schluss, dass sie sich nicht so ganz sicher sei, ist auch egal, auf alle Fälle war es schön lustig anzuhören. Wir hatten uns gerade wieder zurückgelehnt, als meine ganze Aufmerksamkeit gefordert wurde. Also wieder nach vorne gebeugt und die Hab-Acht-Stellung eingenommen. Ich entdecke einen kleinen unscheinbaren Zwerg mit Bauch und Brille, der mit hochrotem Gesicht seine Geschichte zum Besten gab. Und genau in dieser kam als Hauptdarstellerin mein kleiner Teufel mit den drei goldenen Haaren, sprich Frau Rosenkötter (meine Obermieterin)vor. „Man, mir ist vielleicht was Geiles passiert, meine HNO-Ärztin hat jetzt eine eigene Praxis, ich war heute das erste Mal da. Bevor sie mich rannahm, zeigte sie mir erstmal ihre ganzen Räume!" Da ertönte das erste dröhnende Gelächter, ha,ha,ha, bevor sie dich rannahm! „Ein heißes Gerät, mit kurzem Rock und megahohen Schuhen rennt sie vor mir her, eine geile Tusse, mir wurde ganz blümerant, und als sie mich noch fragte, ob ich auch die Kellerräume sehen möchte, wurde mir ganz anders!" Ein anderer Stammtischler lallte dazwischen, „da bin ich auch in Behandlung, mit der kannst du was erleben, aber leider fehlen ihr die Fender, sonst würde ich es ihr mal ordentlich besorgen, denn der alte Psychopath, mit dem sie zusammen ist, holt sich ja anderweitig, was er braucht. Der steht ja mehr auf ganz jungen Mädchen!" Ein allgemeines Gelächter und Gegröle folgte. Der Dritte im Bunde kannte sie auch, er sehe sie öfter beim Einkaufen, mit durchsichtigem Rock, der Stoff sei so dünn, das er sich bei jeder Bewegung in den Slip bzw. Poritze klemmen würde. Er sei ihr die ganze Zeit gefolgt, von der Gemüse bis hin zur Getränkeabteilung, wo sie sich ständig bücken musste, um die schweren Kästen hochzuheben und dabei konnte man ihr, olala, aber wie gesagt, ihr fehlen die Fender, da stehen wir Männer nun mal drauf. Dummstolz gaben sie noch einige anrüchige Sprüche von sich. Gaby und ich lehnten uns wieder zurück. Meine Güte, wie peinlich, wie wurde über Frau Rosenkötter gesprochen, eigentlich hätte ich mich ja freuen müssen, aber es widerte mich nur an. Ich schämte mich für diese Art Männer und deren Parolen und irgendwie tat mir der Türstopper von oben auch leid. Ich sag' ja immer; man sollte sich vor chronisch untervögelten Ehemännern in Acht nehmen.

„Ich" möchte niemals zu so einem billigen Gespräch von „Biertischpolitikern" werden.

Die „Lächerlichkeit" tötet mehr als jede Waffe.

Französisches Sprichwort

Nicht Jeder den Du verloren hast, ist ein Verlust.

Denn es hat einen bestimmten Grund,

warum jemand aus Deiner Vergangenheit,

nicht zu einem Teil Deiner Zukunft geworden ist!

Elmar Rassi

Wellen bewegende Ängste

Ich bin eine notorische Jasagerin, ein „Nein" fällt mir unsagbar schwer. Falls ich dieses Wörtchen doch mal über meine Lippen bringen sollte, habe ich danach große Schwierigkeiten mit meinem Gewissen. Meine Verwandten, Bekannten und Freunde, besonders mein Ehegatte profitieren pausenlos davon. Sie lassen keine Tricks aus, um mich herumzubekommen. Kurz und gut, ich habe bereits den Namen „Mutter Teresa" auf der Stirn gestempelt. Kein Umzug läuft ohne mich, Frikadellen und Kartoffelsalat bringe ich selbstverständlich mit, anschließend wird das schmutzige Geschirr noch eingesammelt! Ich nehme es mit zu mir, habe doch einen Geschirrspüler. „Nur morgen bitte zurückbringen, sonst haben wir nicht genug Kaffeetassen, ach ja, wenn du dann schon so früh kommst, bringe doch bitte gleich Brötchen und Aufschnitt mit!" Ständig schleppe ich für unsere netten, alten Nachbarn irgendwelche Medikamente, Inkontinenz Windeln, und Heilwasser bis in den vierten Stock, und als Dank darf ich dann auch noch den Mülleimer mit nach unten tragen. „Selbstverständlich, Frau Brummer und Herr Gänseweiß, klemmen sie mir doch noch schnell den Besen in die Poritze, dann fege ich Ihr Treppenhaus von oben nach unten gleich mit!"

Gott sei Dank habe ich bald Urlaub, mein Mann und ich wollen an die Nordsee fahren. Ich freue mich schon wahnsinnig darauf. Vierzehn lange Tage, nur wir zwei, Hand in Hand am weißen Strand entlang laufen, Muscheln suchen, Krabbenbrötchen essen, lesen, ausschlafen, einfach nur relaxen. Abends fragte ich Kurt-Gregorius, ob ich schon mal buchen soll, wir haben da so ein kleines niedliches Quartier auf Sylt, wo wir schon öfter waren. Mein Mann druckste ganz komisch herum und meinte, wir sollen erstmal das Wetter abwarten. Worauf ich trotzig erwiderte, es gäbe auf der Insel kein schlechtes Wetter, nur schlechte Kleidung. „Ich rufe jetzt bei Frau Gardemann an, sonst ist sie nachher ausgebucht!" „Nein" erwiderte er, diesmal schon etwas energischer, „ich hol mir mal ein Bier!" „Blödian" schreie ich ihm hinterher! „Wie hast du mich eben betitelt?" „Entschuldige bitte, konnte ja nicht wissen, dass du mir „diesmal" zugehört hast! Stellst deine Ohren doch sonst auch gerne auf Durchzug! Was ist nur los mit dir, willst du nicht mehr mit mir in Urlaub fahren! Hat dein lieber Freund Bubi dich mal wieder überredet, mit ihm zu segeln?" Ich hatte den Nagel auf den Kopf getroffen. Er sah mich an, als hätte ich ihm gerade das Patent zur Anmeldung für eine Fernbedienung der Klobrille vorgelegt. „Du", in einem endlos lang gezogenen Tonfall erklang es aus seinem immer noch offen stehenden Mund. Sein Gesicht sah zum schreien komisch aus. Völlig verzerrt und verdreht. Ich lachte schreiend los, was „er" wiederum falsch auffasste. „Wir fahren ja gemeinsam in den Urlaub, hör endlich auf zu schreien!" „Na ja, dann ist ja alles geklärt und ich buche jetzt!" „Es gibt da noch eine klitzekleine Kleinigkeit, über die wir reden müssen," flechtet Kurt-Gregorius ein, „wir fahren nicht alleine und wir fahren auch nicht nach Sylt! Wozu hat man hat man denn gute Freunde, Bubi lädt uns ein, mit ihm und Berta auf seinem Segelschiff nach Schweden zu segeln. Na, meine kleine Grätzelse, jetzt bist du platt, was? Ist das nicht 'ne gelungene Überraschung?" Das Blatt hatte sich gewandt, jetzt sah ich ihn an, als hätte er sich zum Mittagessen Pansen mit Puffreis gewünscht. Ich war total sprachlos und das soll schon was heißen, Kurt weiß ganz genau, dass ich nicht segeln kann und mag. Außerdem habe ich Angst, über Bord zu gehen, Angst, dass das Schiff umkippt, obwohl er mir schon tausendmal erklärt hat, das es nicht passieren kann! Aus welchen Gründen auch immer, ich habe es vergessen, vielleicht habe ich auch gar nicht richtig zugehört, das mache ich nämlich immer, wenn er mir versucht, etwas zu erklären, was mich überhaupt nicht interessiert. Was übrigens umgekehrt auch öfter der Fall ist. Nur mit dem Unterschied, dass ich in kurzen prägnanten Sätzen auf den Punkt komme, wobei von Kurt-Gregorius Erklärungen derart pastoral und ausschweifend vorgetragen werden, als stünde er auf einer Kanzel und predige herunter zu seiner Gemeinde. „Wenn ich „nein" sage, segelst du dann alleine mit?" „Mausezahn, nun mach es mir doch nicht so schwer, du weißt doch ganz genau, dass ich fürs Segeln alles stehen und liegen lasse, es ist einfach meine Passion! Ich kann auch nicht mehr absagen, weil ich schon zugesagt habe und Bubi das Schiff nicht alleine segeln kann. Bitte zeige ein wenig Verständnis für mein Hobby und komm mit. Wir werden es uns richtig schön machen, ich verspreche, dass wir nur Häfen anlaufen, die über saubere sanitäre Anlagen verfügen, dass wir nicht über vier Windstärken raus segeln, und es jeden Morgen frische Brötchen gibt! Es gibt so schöne kleine Buchten, in denen du herrlich baden und dich sonnen kannst, bis du Bratentemperatur erreicht hast, bei Braten fällt mir ein, du musst auch nicht kochen, wie auf Sylt, wir werden immer schick essen gehen oder im Hafen grillen!" Ich war schon überredet, wollte es nur noch nicht zugeben, vielleicht wird es ja auch ganz spannend und abwechslungsreicher als auf der Insel. Wenn mein Mann von seinen Segeltouren erzählte, habe ich mich innerlich ständig geärgert, dass ich meine Ängste nie überwinden konnte und nicht einfach mitgesegelt bin. Er hat so viel schöne Dinge erlebt und gesehen, dass ich teilweise eifersüchtig war, jetzt springe ich über meinen Schatten, wie heißt es noch gleich, volle Kraft voraus! Zu meiner besseren Hälfte sagte ich, ich müsse es mir noch bis morgen überlegen, aber der hörte schon gar nicht mehr zu, er saß schon tief versunken über seiner Seekarte und zeichnete mit großem Enthusiasmus unsere Route ein. Das macht mich schon wieder richtig wütend, er setzt einfach voraus, dass ich mitkomme, eigentlich müsste ich alleine nach Sylt fahren, aber die Einzige, die sich dann ärgern würde, wäre ich. Das ist genauso sicher wie Schwiegermutters gute Verdauung. Wieder war meine Verunsicherung da, ist das auch die richtige Entscheidung? Ich fühlte mich wie durchgeschnitten, die linke Hälfte sagte, bleib hier, das wird der Horrortrip schlechthin, die andere Hälfte meinte, wenn du es nicht versuchst, wirst du es nie erfahren, ob du es durchstehst! Meine Seetauglichkeit hatte ich erst einmal unter Beweis stellen dürfen und das war mehr als bühnenreif. Es handelte sich nur um eine kurze Überfahrt von einem Hafen zum anderen, es waren höchstens vier Windstärken, aber ich band mich mit meinem Gürtel an der Reling an und schrie nur „anhalten, ich will sofort aussteigen!" Als ich wieder festen Boden unter den Füßen hatte, aber noch ziemlich schwankte, schwor ich mir, nie wieder ein Schiff zu betreten. Es liegen heute allerdings schon zehn Jahre dazwischen, aber der Wind ist immer noch der gleiche, das Wasser ist auch immer noch so tief und die Angst ist mit zunehmendem Alter bestimmt noch größer geworden. Außerdem ist die Osteoporose im Anmarsch und mein Rheuma meldet sich auch immer öfter, alles keine günstigen Voraussetzungen für meine erste große Segeltour. Aber etwas Positives habe ich doch noch entdeckt: Ich brauche mir keine Sorgen mehr über mein monatliches Unwohlsein machen, also keine Pille durchgehend nehmen, damit ich meinen Urlaub in jeder Hinsicht genießen kann. Damit bin ich durch, das heißt fast durch, Hitzewallungen und Gereiztheit begleiten mich des öfteren und dann ist es besser, man geht mir aus dem Weg! Ich weiß nicht, wie groß das Schiff ist, aber die Ostsee reicht allemal. In einer Woche soll es losgehen.

Es ist soweit, der Seesack ist gepackt, die doppelte Dosis meiner Notfalltropfen habe ich bereits intus, als wir gut gelaunt ins Auto steigen. Unser Abfahrtshafen ist Schilksee, Bubi und Berta sind schon an Bord und winken uns zu, als ich mit schlotternden Knien auf das Schiff zugehe. Mein Gott, was hab ich mir da nur angetan, nie werde ich das heil überstehen! Aber da muss ich jetzt durch, oder ich werde mich schrecklich blamieren. „Kurt-Gregorius, geh du schon mal vor und verstau unsere Seesäcke unter Deck, ich muss erstmal überlegen, wie ich am günstigsten auf das Schiff komme!" Man kann nur von der Bugseite raufsteigen und die ist sehr hoch, außerdem liegt noch fast ein Meter Luft dazwischen. Das heißt, ich werde einen großen Ausfallschritt machen müssen, um an Deck zu kommen, denn ich gehe nicht davon aus, dass die Crew extra das Segelschiff für mich weiter ran zieht. Sportlich betrachtet muss ich einen Meter nach vorne und gleichzeitig achtzig cm nach oben klettern, aber alles in einem Schritt. Verdammt, bin ich wirklich so blöd, oder ist es nur wieder meine Panik, wenn andere es schaffen, warum nicht ich auch! Ich wartete, bis Kurt unter Deck verschwand; Bubi und Berta waren anderweitig beschäftigt. Ehe ich mich versah, war ich an Bord und alles ohne Blitzeinschlag in meine Bandscheibe, die erste Hürde war geschafft, wir können lossegeln. Bubi stand am Ruder in kurzer Hose und einem ergrauten T-Shirt, das sicherlich mal stolz drauf gewesen ist, weiß zu sein. Wir segelten Richtung Dänemark.

Ich versuchte mich an die Bewegungen und die Geräusche zu gewöhnen, das Wetter spielte auch mit, gute Segelbedingungen: leichter Wind aus Westen in Stärken von drei bis vier. „Warum wollen wir denn unbedingt heute bis Sonderburg durchsegeln, wollten wir nicht alles in Ruhe angehen?" „Weil eine Schlechtwetterfront auf uns zukommt," meinte Bubi so ganz relaxt! In mir kroch ganz langsam die Panik hoch, mein Becher mit heißem Pfefferminztee schwappte gefährlich hin und her, vergeblich bemühte ich meine Hände ruhig zuhalten, aber versuchen sie mal, bei Windstärke zehn eine Nadel einzufädeln; vergebliche Müh'! Ich beruhigte mich mit dem Gedanken, dass Berta ja auch nicht so ganz seefest ist und auf keinen Fall unter schlechten Bedingungen weitersegeln würde. Im Moment sieht der Himmel ja noch gut aus, so schnell wird es ja wohl nicht gehen. Ich erinnere mich an Kurt-Gregorius` Ausführungen über das Wetter. Im Sommer und Winter ist die Wettersituation sehr eindeutig einzuschätzen. Im Frühjahr und Herbst spielen die Temperaturschichtungen eine große Rolle hinsichtlich der Wettervoraussage. Diese ist nur von Fachleuten, welche täglich messen, vorauszusagen. Wir haben Sommer, also muss ich mir nicht so große Sorgen machen, Bubi hat es bestimmt im Griff. Aber manchmal geht es schneller, als man denkt. Nach einiger Zeit auf dem Wasser fielen die ersten Regentropfen und der Wind drehte sich, ich sah in Kurt-Gregorius Gesicht, um die Wetterkarte und unsere Situation abzulesen, ich merkte eine gewisse Anspannung. Das bedeutete nichts Gutes. Sie wollten versuchen, in den nächstmöglichen Hafen zu kommen, bevor das Unwetter losging. Es schaukelte schon deutlich mehr, ich ließ den Rettungsring nicht mehr aus den Augen, die Schwimmweste hatte ich schon vor Stunden vorsorglich angezogen. Endlich kam der erlösende Satz von Berta, in dreißig Minuten müssten wir den Leuchtturm von Schleimünde sehen. Ich atmete aus und fühlte mich gleich etwas besser, aber dieser Zustand war mir nicht lange vergönnt, denn Bubi meinte, hoffentlich bekämen wir noch einen Anlegeplatz, sonst müssten wir weiter nach Kappeln segeln. Nach einer Stunde liefen wir alle klitschnass mit drei Knoten in den Hafen ein, um kurze Zeit später feststellen zu müssen, dass nichts mehr frei war. Der Hafen war bis auf den letzten Platz ausgefüllt. Es ist ein kleiner

Naturhafen, sehr geschützt und ein Geheimtipp unter den Seglern. Wir müssen also doch weiter, das bedeutet, keine heiße Dusche und kein warmes Essen an Land, das Allerschlimmste war für mich die entsetzliche Angst, dass wir umkippen, in dem Moment wünschte ich mir, ich hätte meinem Mann besser zugehört. „Schau mal," sagte Kurt zu Bubi, „dort hinten ist noch ein ganz kleiner Platz, er ist sehr eng, es wird sehr schwer werden, bei dieser Windstärke das Schiff dahinein zu manövrieren, traust du dir das zu?" „Wir müssen halt alle mit anpacken, dann wird es schon gehen!" Und es ging gut, wir lagen eng aneinander geparkt zwischen zwei Motorbooten. Links war alles dunkel und rechts saßen zwei Pärchen unter Deck und versuchten trotz des Geschaukels Karten zu spielen. Wir packten unser Waschzeug und gingen von Bord. Ich hatte so wackelige Beine, dass mein Göttergatte mich stützen musste. Konnte kaum über den glitschigen vom Regen durchweichten Steg zu den sanitären Anlagen gehen. Es schaukelte und mir war übel. Ich freute mich wie ein Kind auf seinen Schnuller auf eine heiße Dusche. Berta und Bubi kamen uns schon wieder entgegen, sie schüttelten den Kopf: „Die Duschen sind geschlossen, erst morgen früh kann man sich Marken vom Hafenmeister holen. Er ist immer von acht bis zehn Uhr in seinem Büro." „Na ja, dann lasst uns jedenfalls essen gehen, egal, wie nass wir sind, ich habe einen Bärenhunger," meinte Bubi! Wir liefen in Richtung Restaurant, mein Ehemann und Bubi kannten sich ja hier aus, aber anscheinend nicht mit den Öffnungszeiten, die hatten nämlich auch schon geschlossen. Na toll, genauso hatte ich es mir vorgestellt, nasse Klamotten am Leib, keine heiße Dusche, Übelkeit im Magen, wackelig auf den Beinen, vor Kälte schlotternd und kein leckeres Schnitzel mit Bratkartoffeln. Wie schön wäre es jetzt auf der Insel, ich würde bei Gosch sitzen, trocken und warm, vor mir mein Fischteller und ein frisch gezapftes Bier, eine schöne warme Wohnung mit prasselndem Kaminfeuer und ein kuscheliges Bett. Das hatte ich alles eingetauscht, weil Kurt mich vor vollendete Tatsachen gestellt hatte und ich eine notorische blöde Jasagerin bin. Aber das wird sich in Zukunft ändern, da bin ich mir ganz sicher. Lass' mich erst mal wieder heil nach Hause kommen. Wie die begossenen Pudel marschierten wir wieder zurück an Bord, mit einer riesigen Portion Wut statt Bratkartoffeln im Bauch! Wie mich das anwiderte, alle Blicke der Nachbarschiffe mitleidig oder auch schadenfroh auf uns gerichtet. Bis jetzt habe ich noch nicht herausfinden können, was mein Mann so faszinierend an seinen Segeltörns findet. Inzwischen durchsuche ich meinen Seesack nach brauchbaren warmen Sachen, aber alles ist klamm und kalt. Gibt es denn nicht irgendetwas, was meine Laune wieder aufhellen könnte! Doch, 'ne Flasche Wodka! Bubi und Berta versuchen mit einigem Geschick, eine Abendmahlzeit für uns zu zaubern, im Hintergrund singt Hans Albers „nimm mich mit Kapitän, auf die Reise, nimm mich mit, in die große weite Welt." Unser „Kapitän-Dinner" bestand aus; Würstchen und Butterkeksen, als aufwärmendes Getränk gibt es Kamillen- oder Pfefferminztee. Wäre ich noch im Kindergartenalter, hätte ich es bestimmt unheimlich abenteuerlich gefunden, aber mit fast fünfundfünfzig reizte mich das genauso wenig, wie 'ne Eierstockentzündung. Und ich hatte noch den Vorschlag gemacht, Proviant mitzunehmen, aber es hieß, wir können in jedem Hafen einkaufen, und etwas für den Notfall haben wir immer an Bord. Wie gut, dass mein Kurt nicht ohne seinen Wein auskommt. Das bringt mich doch gleich auf den Gedanken, seine Taschen zu durchforsten. Es dauert nicht lange und ich werde fündig. Zwei Flaschen Rotwein und eine Flasche Rum. Das reicht ja, eine für heute, eine für morgen und den Rum zum gurgeln, gegen meine Halsschmerzen. Gedacht und umgesetzt, ich liege in meiner Koje, die Flasche Rotwein am Hals und gebe jedem auf diesem beschissenen Schiff die Schuld an meiner Scheißlaune. Die restlichen Crewmitglieder sitzen an Deck mit ihrem Kamillentee und schimpfen über das Wetter. Bubi meint, morgen werde es etwas besser, man solle nach dem Frühstück gleich losfahren, dann schaffe man es eventuell bis Marsstall. Ich höre noch, wie Kurt meint, da freue sich aber seine Margarete. Marstall ist eine zauberhafte mittelalterliche Stadt, umgeben von viel Natur. „Berta, du solltest versuchen, Margarete etwas abzulenken, denn der Weg nach Marstall führt durch Sandbänke und wir haben nicht mehr als einen halben Meter Wasser unterm Kiel. Es wird sicherlich etwas abenteuerlich werden, denn wir müssen durch eine Enge und das heißt, immer schön die Mitte des Fahrtwassers einhalten. Außerdem kommen uns große Fähren entgegen und die nehmen keine Rücksicht auf kleine Sportbootfahrzeuge. Das alles könnte Grund genug sein, dass sie ausrastet." Aha, so denkt und redet mein Mann also über mich, wie peinlich! Dem werde ich schon zeigen, dass ich eine gleichberechtigte Segelpartnerin sein kann. Da täusche dich man nicht, jetzt erst recht. Was hat Kurt-Gregorius mir bloß erklärt, weshalb das Schiff nicht umkippen kann, ich taste mich durch sämtliche Gehirnwindungen, aber leider Nullanzeige. Ich nehme meinen Rotwein und gehe an Deck, irgendwie muss ich es heute noch rausbekommen. Die eingeschweißte Crew sitzt unter der Persenning und lauscht dem Nieselregen, der auf das Dach tropft, Lale Andersen hat mittlerweile Hans Albers abgelöst, sie wartet auf ihr Schiff aus Hongkong oder irgendeins, was bald kommen wird. Ich fühle mich wie ein Störenfried, „möchtet ihr auch ein Glas Rotwein?" „Nein, danke." Wie die Fischerchöre in voller Harmonie erklang die Antwort!" Mein Schatz möchte auch keinen Rotwein, mir soll es recht sein, hätte sowieso ungern etwas von meiner eingeteilten Ration abgegeben.

Wie gut, dass Kurt-Gregorius noch nicht bemerkt hat, dass es sein Rotwein ist, den ich hier trinke. „Berta, hat Bubi dir auch so schön erklärt, warum wir nicht kentern können?"„Nein, aber interessieren würde es mich schon!" Die beiden Seefahrer guckten sich an und legten gleichzeitig los, stolz, uns „dummen Weibsbildern" etwas Unterricht geben zu können. Das Schiff hat ja vier Seiten, hinten (Achtern) vorn (Bug) wo auch der Bugkorb ist, Luv, die Wind zugekehrte Seite und Lee, die vom Wind abgewandte Seite. Unterhalb des Schiffes befindet sich der Kiel. Der Schwerpunkt des Kiels liegt so tief, dass sich das Schiff immer wieder aufrichtet, egal wie schief es liegt. Selbst bei Windstärke zwölf ist es nicht möglich, eine Segeljacht zum Kentern zu bringen. Bla, Bla, Bla der Unterrichtsstoff ging weiter über Gasflaschen, (es sollten immer zwei an Bord sein), bis hin zum Absperrventil am Klo. Wenn sich das Schiff mal auf die Seite legt, steigt das Wasser im Klo an und bei Wellenbewegungen könnte es sogar darüber hinausschwappen. Ich hörte nur noch mit halbem Ohr zu, das, was ich wissen wollte, habe ich abgespeichert. Ich ziehe mein Resümee und entscheide für mich, dass ich ab sofort, keine Angst mehr, vor dem Kentern haben muss. Das ist doch schon mal die halbe Miete, den anderen Anforderungen werde ich auch noch gerecht! Nehme meine Weinflasche, wünsche uns morgen schönes Wetter und ein „Guts Nächtle." In der Hoffnung, dass sich doch noch das Urlaubsgefühl einstellt, schlafe ich in klammen und kalten Decken eingehüllt ein. „Alle Mann an Deck", Kapitano Bubis Weckruf erfolgte pünktlich um acht Uhr, schlaftrunken und Rotwein geschwächt rieb ich mir den Seesand aus den Augen und drehte mich auf die andere Seite. Er hat ja nur alle „Mann" an Deck gerufen, ich bin ja zweifelsfrei eine „Frau", auch wenn Kurt-Gregorius es ab und zu vergisst. Noch ein halbes Stündchen, das könnte ich gut gebrauchen. Ach was soll es, neugierig, wie das Wetter ist und ob die Sonne lacht, klettere ich an Deck. Kurt ist natürlich schon an Bubis Seite. Igitt, voll der Streber! Nein, die Sonne scheint nicht, es regnet mal wieder. Wieder ein Grund mehr, meine Entscheidung zu bereuen. Wie kann man nur so viel Begeisterung fürs Segeln zeigen. Ich verziehe mich wieder nach unten, um mich aus den klammen Klamotten zu schälen. Will ins Bad gehen, aber welch ein Trugschluss meines Gehirns, also wieder rein in die feuchte Montur. Mit dem Waschbeutel unterm Arm melde ich mich gehorsam bei unserem Kapitän Bubi ab. Berta und Kurt-Gregorius sind Brötchen holen. Na gut, ich gehe erstmal duschen. Mit einer Münze vom Hafenmeister bewaffnet, mehr brauche ich ja nicht, weil wir nach dem Frühstück gleich weitersegeln, gehe ich in Richtung Waschräume. Es ist tatsächlich geöffnet, schnell entledige ich mich meiner feuchten Kleidung, und stelle mich unter die heiß ersehnte Dusche. Es ist das schönste Erlebnis, welches ich bis jetzt auf meiner Segeltour verzeichne. Ich kuschle mich so richtig in den Wasserstrahl hinein. Als ich warm genug bin, stellte ich die Dusche aus, um mich von oben bis unten einzuseifen. Endlich mal wieder einen angenehmen Duft in der Nase spüren, keinen Diesel, Schweiß oder Seetanggeruch. Noch schnell abduschen und dann einen heißen Kaffee und frische, knackige Brötchen genießen. So stelle ich mir einen gelungenen Tagesbeginn vor, wenn wir das Wetter mal außen vor lassen. Wasserhahn wieder aufgedreht, nichts passiert, ich drehe und stelle hin und her. Drei einsame Tropfen bahnen sich den Weg auf meine Schaumkrone. Oh, großer Gott, was ist denn nun los! Kein Wasser in Sicht, mir schwant Böses. War eine Münze nicht genug? Aber

Kurt meinte, mit einer Münze könne man fünfzehn Minuten duschen. Es sind gerade mal vier bis fünf Minuten vorbei, wenn überhaupt. Vielleicht läuft die Zeit ja hier schneller als bei uns zu Hause, ha, ha, ha! Irgendwie muss ich meine Laune ja bei Laune halten. Was mache ich jetzt bloß? Ich fühle mich wie ein Schaumkuss ohne Schokolasur. Wie war es doch gleich mit dem gelungenen Tagesanfang? Eingehüllt in mein rotes Badetuch, Kopf und Beine voller Seifenschaum schritt ich erhobenen Hauptes über den Steg zu unserem Schiff. Natürlich, wie sollte es auch anders sein, saßen trotz des schlechten Wetters die hart gesottenen draußen und frühstückten. „Na Kleene, ertönte es von irgendeinem Segelboot, haste dir 'ne Ganzkörpermaske verpasst?" Schallendes Gelächter brach los. „Ne," konterte ich zurück, „ich hab die Tollwut und zwar im Endstadium, da sieht man immer so aus!" Als ich an Bord kam, traute sich keiner mehr etwas zu sagen, meine Blicke erstickten schon im Ansatz jeden Ratschlag der Crew. Ich lehnte mich über Bord und spülte mich so gut es ging mit Mineralwasser ab. Dann war Kurt-Gregorius dran, ich zeterte los, „bring mich sofort zu einem Bahnhof und weit genug weg von deiner dämlichen Segelei! Ich habe die Nase gestrichen voll, du wusstest ganz genau, dass ich mit einer Münze nicht lange genug duschen kann. Das hast du mit Absicht gemacht!" Mein Mann stand vor mir und erwiderte mit einem hämischen Grinsen, „da mussten wir alle durch, das ist so zu sagen, die Feuertaufe! Ich wusste gleich, dass die Segelei nichts für dich ist, aber dass du schon bei solchen Kleinigkeiten schwächelst, hätte ich nicht für möglich gehalten! Wir segeln in den nächst gelegenen Hafen und ich bringe dich dann von Bord," sprach es und ging an Deck. „Und frühstücken könnt ihr auch alleine" schrie ich ihm erbost hinterher. Bitte Jammertour, komme jetzt nicht auf mich zu, in ein paar Stunden hast du alles überstanden und sitzt im Zug Richtung Heimat. Ich packte meinen Seesack und schwor mir eines: Ich sage nur noch „Ja", wenn ich absolut dahinter stehe und es mir dabei gut geht! Das Schiff setzt sich in Bewegung, war wohl ein kurzes Frühstück oben an Deck, es schaukelt und knarrt, mein Magen fühlt sich nicht wirklich gut an. Aber ich werde mein Bauch streicheln und ihm lieb zureden, dass er noch ein wenig durchhalten muss. Mit schwankenden Knien steige ich den Niedergang empor, der Himmel ist dunkel, passt zu meiner Laune. Wir bewegen uns Richtung Marstall, Berta stand mit Lockenwickler im Haar am Ruder und sang mit Freddy Quinn im Duett „Junge komm bald wieder!" Entzückender Anblick! Mir war mehr nach dem „Gefangenenchor aus Nabucco" zu Mute. Sie meinte, wir sollten besser unter Deck gehen, weil es so regnet, aber ich will zumindest auf meiner letzten Etappe beweisen, dass ich mithalten kann. Die tolle Crew befand es für besser, mich in den nächsten Minuten nach unten zu verbannen und nicht aus dem Bullauge zu sehen. Das macht mich rasend. Was haben die jetzt für Heimlichkeiten? Warum wollen die mich runter locken? Jetzt bleibe ich erst recht an Deck, schlimmer kann es doch gar nicht mehr kommen! Schwimmen uns vielleicht Haie entgegen, oder hat sich hier ein Piratenschiff verirrt und will uns kapern! Oh Gott, ist das aufregend, jetzt bin ich gespannt wie meine Schuhspanner. Ganz langsam, fast elegant segelt Bubi das Schiff durch eine enge Passage, mein mir angetrauter Ehemann steht dicht neben ihm, mir fällt auf, dass sein Bauchumfang ziemlich gewachsen ist, obwohl er regelmäßig Sport treibt, Bierdosen öffnen und Fußball gucken, ha, ha! Inzwischen sind wir umgeben von Sandbänken. Ich frage Kurt: „Es kann ja nicht sehr tief sein, wenn hier Sandbänke sind! Was passiert denn, wenn wir auf so eine auflaufen?" Meine guten Vorsätze cool zu bleiben, froren völlig ein. Bubi meinte, „deshalb müssten wir uns genau in der Mitte des Fahrwassers bewegen, weil die Betonnung sich leicht durch den Wind verschieben kann. Es erfordere höchste Aufmerksamkeit!" Die Anspannung in mir wuchs, wieder verfluchte ich meine liebenswerte Eigenart des „Ja-Sagens" und hätte mir bald vor Angst in die Hose gemacht. Berta sah auch nicht glücklich aus. Der Regen peitschte uns ins Gesicht und ich fragte mich, warum Berta wohl Lockenwickler bei peitschendem Regen und Windstärke fünf bis sechs trug. Über meine Lippen kam gerade das „Vater Unser", als ich ein riesiges Monster auf uns zukommen sah. Ich fühlte mich klein wie eine Ameise. Das Monster kam immer näher. Ich schrie Bubi an: „Willst du gar nicht ausweichen, es kommt doch direkt auf uns zu!" So fühlt man sich bestimmt, wenn ein Seebeben auf dich zukommt. Kurt-Gregorius schrie, „ich solle mich mal zusammenreißen, das sei ganz normal, es handele sich um eine Fähre, die uns hier entgegen komme. Bubi und er seien es schon gewohnt." Der gewaltige Riese kam uns immer näher. Mir kroch der kalte Angstschweiß den Rücken rauf und schnürte mir die Luft ab. „Ich springe über Bord, das ist mir so scheißegal, „wie" ich umkomme, bestimme „ich" immer noch selbst!" Völlig panisch versuchte ich über die Reling zu klettern, als mir siedend heiß einfiel, dass ich ja nicht die große Schwimmerin bin. Aber zerquetscht werden von so einem Riesenkoloss aus Metall möchte ich auch nicht. Vielleicht schwimmt ja in diesem Moment ein großer Fisch vorbei, an dem ich mich festhalten kann bis zur nächsten Sandbank. Das machte mir wieder Mut, ich nahm erneut Anlauf, über die Reling zu springen, als mich zwei starke Arme von hinten packten und mich schüttelten. Kurt schrie mich an: „Beherrsche dich, meinst Du, wir wollen sterben? Bubi und ich haben diese Situation schon hundert Mal gemeistert. Wir haben immer noch vierzig Zentimeter Platz an jeder Seite und wir sind erfahrene Segler, vertrau' uns doch einfach mal! Schließe deine Augen und öffne sie erst, wenn das Schiff vorbei ist." „Ich kann euch nicht vertrauen, ich habe doch Augen im Kopf, das kann gar nicht gut gehen, es wird uns rammen, wir werden elendig untergehen, genau wie die Titanic. Ich legte mich lang auf den Boden und fühlte mich wie in einem Schützengraben. Dann hielt ich mit gespreizten Fingern meine Augen zu und beobachtete Berta. An ihrer Mimik las ich ab, wie hoch die Gefahr einzustufen war, sie zitterte wie Espenlaub und legte ebenfalls ihre Hände vors Gesicht. Wie ich beim Tatort in der Hoffnung, nur den halben Mörder durch die Fingerritzen zu sehen. Berta schielte auch durch die Handspalten und bewegte ihren Kopf auf einmal nach ganz oben. Ich nahm meinen ganzen Mut zusammen und machte es ihr nach, wir saßen in einer kleinen Walnussschale und schipperten gemächlich an der Titanic vorbei. Am liebsten wäre ich bis zum nächsten Hafen so liegen geblieben, wäre eventuell eine Technik „das Segeln lieben" zu lernen! Endlich hatten wir die kleine Enge hinter uns gelassen.

Kurt-Gregorius legte sich zu mir auf den Boden, um mir gut zuzusprechen, aber ich hatte nur noch Peilung auf den nächsten Hafen und den dazu gehörigen Ort und Bahnhof und Heimat und Bad und warme Socken und Couch und Fernsehen und alles, was warm ist und lecker schmeckt. Er wolle es wieder gut machen, er sehe jetzt, was er mir mit dieser Segeltour angetan hätte, er würde mir jeden Wunsch erfüllen. „ Dann fange gleich damit an," erwiderte ich, „hau ab und lass mich in Ruhe! Ach und ab sofort ist unser Sexleben so gut wie erloschen! „Ich fühle mich verrottet, wurmstichig, morsch, vergammelt, verrostet, funktionsunfähig einfach irreparabel!" „Schatzi", raunte mir Kurt-Gregorius ins Ohr. „Wenn wir zu Hause sind, sieht die Welt schon wieder ganz anders aus, überlege dir schon mal, womit ich dir eine Freude bereiten kann?" „Weiße Zähne und 'ne Bauchstraffung und jetzt verschwinde endlich!" Ich weiß nicht, wie lange ich in der Horizontalen gelegen habe, als mein Körper hin und her flog und ich das Wasser über die Reling schwappen hörte. Meine Beine waren vor Kälte abgestorben, ich versuchte mich aufzurichten, Berta kam mir zur Hilfe. Sie meinte, ich hätte eine gute Stunde fest geschlafen, die See war ruhig und sie sah keinen Grund, mich zu wecken. Aber jetzt braut sich wieder ein Sauwetter zusammen. Ich sah weit und breit kein Land um uns herum, wir waren absolut allein auf hoher See. Ich kletterte nach unten und meinte, es würde mir gut tun, den restlichen Rotwein zu trinken. Noch sechzig Minuten bis Äerö. Wenn ich keinen Zug oder Bus mehr bekomme, ist es mir egal. Und wenn ein ganzes Monatsgehalt drauf geht, ich nehme mir dann ein Taxi. Nur noch von Bord, weg von diesem real gewordenen Albtraum. Nach Blitz, Donner und Windstärke sieben bis acht sahen wir endlich die Lichter des Hafens. Ich fühlte mich sterbenselend und mein innerer Schweinehund bat mich schon mal, den Pastor zu bestellen; dass ich den Hafen noch lebend erreichen werde, hatte er bereits aufgegeben. Ich merkte, dass wir manövrierten, das heißt, wir würden gleich anlegen. Während der gesamten Segeltour hatte ich einen Verbündeten, meine Angst! Aber es war nicht die kontrollierbare Angst, nein, es war die neurotische Angst. Ich fühlte mich ständig bedroht, mein Bauch grummelte unentwegt, ich hatte ständig das Gefühl, es würde etwas passieren. Das Engegefühl in meiner Brust suggerierte mir mehrfach kurz vor einem Herzanfall zu stehen. Bubi rief, „Margarete, du kannst an Land, wir haben angedockt!" An Bord brach ein hektisches Treiben aus, alle Dinge, die in und um

mich in Aufruhr geraten waren, bewiesen mir, dass ich noch am Leben bin.
Der Befreiungsschlag begann, plötzlich war alles wie von Zauberhand verschwunden, mir ging es blendend, als ich endlich wieder Land unter den Füßen hatte. Ich war sozusagen wieder geerdet.
Eines weiß ich ganz bestimmt, dass ich nie wieder ein Segelboot betreten werde, dass ich mir ganz genau überlegen werde, zu was und wem ich „JA" sagen werde und dass ich mir meine weißen Zähne und die Bauchstraffung unter härtesten Bedingungen verdient habe.

Nichts wird so leicht für Übertreibung gehalten, wie die Schilderung der reinen Wahrheit.

Spureinlauf

Aus Paulas Tagebuch

Es gibt für alles eine Lösung, wer kennt den Spruch nicht!
Ob er wirklich auch zutrifft – ich glaube nicht mehr daran.
Wenn die Tür quietscht, wäre die beste Lösung: ölen, fetten, schmieren.
Wenn wir Ratten im Garten haben, wäre die beste Lösung, die Vögel nicht mehr zu füttern.
Wenn ich durch Schuhgeklapper morgens die Hausbewohner wecke, wäre die beste Lösung, Rücksicht zunehmen und leise die Treppe runterzugehen. Usw. und sofort...
Die Sehnsucht ist das, was uns am Leben erhält. „Ich" sage, die Sehnsucht ist das, was uns kaputt macht, oder umbringt.
Es ist so, wie „das Glas ist halbvoll." Man sagt doch auch, „ich komme vor Sehnsucht um, oder?"
Also mit meinen Worten ausgedrückt oder um auf den Punkt zu kommen: Ich hoffte und sehnte mich seit zwei Jahren, dass Frau Rosenkötter (die Dame über mir) sich ein kleines bisschen in die Situation der Nachbarn versetzen würde.
Aber selbst der kleinste Silberstreifen am Horizont war nicht zu erkennen. Immer wieder ließ sie mich ihre kompromisslose und unzugängliche Art spüren. Heute Morgen lieferte sie mal wieder ein bestes Beispiel hierfür. Es ist Wochenende und Feiertag, 7 Uhr 10, und meinen Wecker habe ich auf 10 Uhr gestellt, aber das interessiert meine ignorante Obermieterin nicht einmal peripher. Ein fürchterliches, mir aber seit langem gut bekanntes Quietschen der Badezimmertür brachte mich sehr nahe in die Zone der Aufwachphase. Die „sie von oben" dann auch Sekunden später erreichte.
Frau Rosenkötters morgendliche Blasenentleerung fand statt, indem die Linienführung des Strahls genau in den „Spureinlauf" erfolgte. Da unser Haus sehr, sehr hellhörig ist, könnte man den Aufprall ins Wasser in etwa mit der Lautstärke einer pinkelnden Kuh

aus dem 10. Stock vergleichen. Der Druck auf die Abspültaste- und es wurde kräftig auf die Tasten gehauen macht selbst einem Orgelspieler große Konkurrenz. Danach jaulte der Toilettendeckel beim Herunterklappen vor großem Schmerz noch einmal laut auf. Bevor Frau Rosenkötter ihr „Keramikstudio" verließ, quiekte die Tür noch zweimal herzzerreißend nach Öl. Wenn ich das Urinieren und das Quietschen der Tür in den letzten beiden Jahren hochrechne, sagen wir mal im Schnitt vorsichtig gerechnet sechsmal bis spät in die Nacht, den Besuch von mindestens dreimal die Woche lasse ich mal außen vor, komme ich auf eine stolze Summe von 4.320 mal.
Hier spreche ich nur von einer Person, sie wohnt ja nicht alleine. Mir fehlen dazu einfach die Worte und ihr jegliches Gefühl der Ethik. Es ist bestimmt nicht angenehm, wenn man eine Hühnerbrühe löffelt und das Plätschern eines norwegischen Gebirgsbaches hört. Auch der Tanz mit der Klobürste, nachdem sie ihren „Bob in die Bahn" gelegt hat, gibt meiner Fantasie Anlass, dass angebissene Leberwurstbrötchen meinem Hund zu geben.
Es heißt ja nicht umsonst, ich gehe mal eben aufs „stille Örtchen"

*Der Verstand und die Fähigkeit,
ihn zu gebrauchen, sind zwei verschiedene Gaben.*

Omis Biochemie

Meine Oma hatte ein wunderschönes Holzbett, mit Schnörkel oben drauf und drei geteilten Matratzen. Ihre Bettwäsche roch so frisch nach Lavendel und Kernseife. Ich war keine sechs Jahre alt, als es mich jeden Morgen zu ihr unter die Bettdecke zog. Auf ihrem Nachttischchen stand eine kleine, viereckige, weiße Dose aus Plastik, in der ganz viele kleine Kügelchen waren. Ich hatte schnell herausgefunden, dass es etwas ganz Besonderes sein musste. Immer wenn es Großmutter schlecht ging, nahm sie ein paar von den kleinen Perlen, sie schluckte sie aber nicht runter, sondern ließ sie auf der Zunge zergehen. Es war eine richtige Zeremonie. Wenn ihr wieder einmal das Herz schmerzte, oder Oma von Rheumaschüben geplagt wurde, holte sie unter Aufbietung ihrer letzten Kräfte die Wunderdose hervor. Sie legte die Kügelchen auf ihre Zunge, lehnte sich entspannt zurück, atmete tief durch und fühlte sich bald wieder besser. Es schien für „alles" gut zu sein. Auch wenn Opa sie wieder einmal geärgert hatte, nahm sie ihr Wundermittel und die Welt war wieder in Ordnung. Oma und ich legten uns jeden Morgen ganz dicht nebeneinander, um zu sehen, wie schnell ich wachse. Nach ein paar Monaten sah ich einfach viel zu wenig Erfolg, ich blieb immer noch der kleine Türstopper. Was konnte ich nur machen, langsam wurde ich ungeduldig. Da kam mir die Idee, ein paar von Omas Kügelchen zu essen, das wiederholte ich jeden Morgen. Zum Glück waren sie klitzeklein, nicht größer als Stecknadelköpfe, so dass Großmutter nichts merkte. Nach endlos langer Zeit wurde mein kleines Geheimnis belohnt. Ich war um vier cm gewachsen. Nun war ich neugierig geworden und griff des öfteren in Großmutters Wunderdose. Es wirkte wahrhaftig in verschiedenen Situationen. Auch die Angst vor einem Diktat, ich ging ja mittlerweile zur Schule, löste sich in Wohlgefallen auf. Wie jedes Jahr fand unser berühmtes Schulfest statt. Ich musste mit dem Chor vorsingen, hatte auch einen Soloauftritt, mir schlotterten die Knie vor Angst. Ich durchsuchte sämtliche Taschen und wurde fündig. Im kaputten Innenfutter meiner Jacke entdeckte ich noch fünf von Omas Wunderpillen. Schnell ließ ich sie auf meiner Zunge zergehen und das Kniezittern verschwand im Handumdrehen. Im Alter von zehn Jahren zogen meine Eltern mit mir von Oma und Opa fort; wir bekamen ein eigenes Haus. Ich vermisste meine Wunderpille, aber mit der Zeit fand ich mich damit ab, sie nicht mehr einsetzen zu können. Eines habe ich mir aber geschworen, wenn ich erwachsen bin, werde ich sofort in die Apotheke gehen und mir die Pillen holen. Mit sechzehn hatte ich meinen ersten großen Liebeskummer, ich war völlig am Boden zerstört. Nichts half, kein Eis, keine Tränen, keine Freundin, absolut nichts. Ich lag traurig auf meinem Bett, mein Fenster stand weit offen und ich starrte in den Sternenhimmel. Um mich herum tausend voll geheulter Taschentücher, als ein Windstoß das Bild meiner Oma vom Schreibtisch fegte. Ich hob es auf und dachte in dem Moment an ihr kuscheliges Holzbett und wie gerne ich jetzt bei ihr sein würde, aber diese schöne Zeit wird nie zurückkehren, sie ist schon seit vielen Jahren im Himmel und passt von oben auf mich auf.

Oma, Bett, Wunderpillen, wie konnte ich „sie" nur vergessen! „Danke Omi", Gruß nach oben, rein in die Schuhe und ab in die Apotheke. Ich hätte gerne, Mist, wie heißen die Dinger eigentlich! Nie hatte ich Oma danach gefragt. Jetzt, so nah am Ziel, werde ich nicht aufgeben. Ich erzählte der netten Dame hinter dem Verkaufstisch meine kleine Geschichte und siehe da, plötzlich standen verschiedene kleine Glasfläschchen auf dem Tisch. Es hätte sich nur das Outfit geändert, meinte die Apothekerin, aber der Inhalt sei der Gleiche. Es handelt sich bestimmt um die gute altbewährte Biochemie. Ich nahm meine Allroundmedizin und lief freudestrahlend nach Hause. Dort angekommen, kuschelte ich mich auf mein Bett und legte sofort einige der kleinen Kügelchen auf meine Zunge, ich entspannte und fühlte mich gleich besser. Irgendwann muss ich tief und fest eingeschlafen sein. Ich träumte davon, verheiratet zu sein. Wir hatten ein wunderschönes Häuschen, einen großen Garten und einen kleinen süßen Hund, den ich Norbert nannte. Am Anfang war alles so perfekt, ich hatte einen super sexy und liebenswerten Mann. Wir waren sehr glücklich, bis sich dann irgendwann die Langeweile und der Alltag einschlichen.

Keinen Sex mehr, nur noch der obligatorische „Guten Morgen", „Gute Nacht" und „Auf Wiedersehen-" Kuss. Nörgeln und Zeitung lesen während des Essens, keine Unterhaltung, nur mit dem Fernseher, selbst der Hund war nicht mehr so lieb und folgsam, wie ich es gewohnt war. Neuerdings pinkelte er sogar an die Vorhänge und in die Schuhe. Das muss anders werden, wozu gibt es denn Großmutters Wunderpillen. Ich schaffte mir einen großen Vorrat an. Zuerst bekam der Hund einige in sein Essen gemischt, einige streute ich in sein Körbchen. Man kann ja nicht vorsichtig genug sein.

Auch im Schlafzimmer war mein Nachttisch gut bestückt, in der Küche backte ich Omas Kügelchen gleich mit ins Brot und verteilte sie fleißig in jedes Essen. An der Eingangstür empfing ich meinen Mann schon mit einem Cocktail bestehend aus Kügelchen und Champagner. Selbst ins Badewasser rührte ich sie ein, falls Karl-Richard mal wieder nach langer Zeit mein Badewasser schlürfen wollte. Ich träumte weiter, dass ich nicht mal vor dem Briefträger halt machte, er bekam auch Kügelchen in den Kaffee, weil er sich ständig über sein Eheleben beklagte. Oma sagte damals schon, dass ich mich von notorisch untervögelten Ehemännern fernhalten sollte, aber wie denn, er brachte doch jeden Tag die Post. Ich sah mich nur noch riesige Schachteln mit Pillen anschleppen, mein Mann wurde wieder der Alte. Auch unser Liebesleben spielte sich nicht nur im Bett ab, ich hatte auch welche in der Abstellkammer deponiert. Alles war wunderbar rosarot. Großmutters Heilmittel wirkte überall dort, wo es Probleme gab. Alle um mich herum waren mit sich im Einklang und völlig entspannt. Sobald Karl-Richard mich wieder vernachlässigte, schmiss ich einfach einige Pillen nach. Auch meinen doofen Nachbarn, die ständig was zu stänkern hatten, verabreichte ich in einem Glas Sekt über den Zaun natürlich Omas Kügelchen. Sie waren kaum wieder zu erkennen, lammfromm, sie sangen sogar Kirchenlieder während des Rasenmähens. Ich wollte die ganze Welt mit "Omas Biochemie,, entspannen und dazu holte ich ganze Lkw-Ladungen mit diesen kleinen, viereckigen Plastikdosen auf mein Grundstück, aber leider kam ich nicht mehr dazu, sie abzuladen, denn ich erwachte aus meinen Träumen. Mein Liebeskummer hatte sich etwas gegeben, ich nahm Großmutters Bild in die Hand und bedankte mich bei ihr.

Heute erinnere ich mich oft mit einem Schmunzeln im Gesicht an unsere schöne Zeit in ihrem Kuschelbett und unser Größemessen. Ob ich nun wirklich durch die Kügelchen aus Omas geheimnisvoller Plastikdose um vier Zentimeter gewachsen bin, oder ob Oma um vier Zentimeter geschrumpft war, lässt sich heute nicht mehr feststellen. Aber dass ich jetzt, mit fünfundfünfzig Jahren noch immer an Großmutters Biochemie glaube, beweist mein Mann, mit dem ich seit dreißig Jahren immer noch eine glückliche und völlig entspannte Ehe führe.

*Kluge Menschen verstehen es,
den Abschied von der Jugend
auf mehrere Jahrzehnte zu verteilen.*

Amys Tagebuch oder aus der Sichtweise eines Hundes

Ich bin eine kleine Jack-Russell-Hündin und heiße Amy. Mein Alter wird auf drei Jahre geschätzt. Seit einem Jahr lebe ich hier in meinem neuen Zuhause. Ich bekomme ganz viel Liebe und Frauchen ist mit mir in einer Hundeschule, weil ich ein Trauma habe. Mir geht es manches Mal nicht so gut, ich fange an zu zittern, meine Beinchen sacken zusammen und ich muss fürchterlich weinen. Hände, Schuhe und schwarze Autos machen mir große Angst. Es passiert leider auch, dass ich meinen Schwanz ganz doll blutig beiße. Ich sehe Frauchen immer an ihrem Laptop sitzen und an einem Buch schreiben, abends unterhält sie sich dann mit Herrchen darüber und meint, es täte ihr sehr gut, sich alles von der Seele zu schreiben. Vielleicht würde es meiner kleinen kaputten Hundeseele auch helfen.
Ich fange einfach mal an.
Trotz meiner paar Jährchen auf dieser Welt, habe ich schon ganz viele schlimme Dinge erlebt. Mein erstes Frauchen hat mich mit Fußtritten so schlimm verletzt, dass ich Schäden an der Wirbelsäule und am Nasenrücken habe. Vor einem Jahr hat sie mich ganz gemein an der Autobahn ausgesetzt, einfach an eine Leitplanke gebunden. Sie hatten mich als Welpen unter den Tannenbaum gelegt, aber bereits nach kurzer Zeit merkte ich, dass sie mit mir nicht klar kamen. Herrchen hatte mich wohl lieb, aber er hatte keine Zeit, musste jeden morgen ins Büro und war oft auf Geschäftsreise. Davor hatte ich richtig Angst, denn da war ich mit Frauchen alleine. Sie unternahm so gut wie nichts mit mir, hatte Angst um ihre langen Fingernägel und die Absätze an ihren hohen Schuhen, aus diesem Grund verbot sie mir auch im Garten rumzutollen. Wenn sie sich in der Stadt mit ihren Freundinnen traf, nahm sie mich mit, ich konnte ja noch nicht so lange alleine bleiben, war gerade erst ein paar Monate alt. Dann wurde ich immer richtig rausgeputzt, am schlimmsten war das starre Halsband. Es war sehr breit und hart. Ich bekam kaum Luft und konnte mich nicht richtig damit bewegen, aber das war Frauchen völlig egal, sie verschwendete nicht

einen Gedanken daran, wie ich mich wohl fühlte, Hauptsache, die kleinen Brillanten am Hals funkelten um die Wette, und sie konnte mit mir vor ihren Freundinnen prahlen. Ich wurde in den höchsten Tönen gelobt, was es doch für eine Bereicherung sei, einen so lieben kleinen Hund zu haben, auch würde sie dreimal am Tag mit mir Gassi gehen und im Garten spielen. Was für Lügen, nichts war davon wahr. Meine kurzen Beinchen konnten kaum Schritt halten, es ging von einem Geschäft ins andere. Manchmal wurde ich auch für Stunden im Auto eingesperrt. Anschließend wurde in einem vornehmen Restaurant fürstlich gespeist. Dass ich auch mal ein Wässerchen brauchte, daran dachte sie nicht, ich lag zusammengerollt wie eine kleine Kugel völlig fertig unterm Tisch zwischen den „Luise Karton",„Lakotze" und „Versager" Tragetaschen. Als wir dann nach ein paar Stunden zu Hause ankamen, stürzte ich mich halb verdurstet, erst mal auf meine Wasserschüssel, dabei schlabberte ich kraftlos wie ich war, manchmal etwas Wasser vorbei auf den Küchen Fußboden. Frauchen zeterte auch gleich los, „musst Du immer so ein Schweinkram machen? Ohne dich hätte ich halb so viel Arbeit, los, ab in dein Körbchen!" Ich zitterte und verzog mich rasch, weil ab und zu auch noch ein Fußtritt folgte. Bald meldete sich mein dickes Bäuchlein, ich hatte noch kein Häufchen unterwegs gemacht, es war ja kein Rasen in der Stadt. Ich begann unruhig zu werden, auch mein Wässerchen wollte wieder raus, in die Natur. Ich schlich langsam Richtung Terrassentür, in der Hoffnung, sie sei offen, aber da passt Frauchen schon genau auf, natürlich war sie geschlossen. Ich fing an zu wimmern und kratzte leise an die Tür, es folgte nur ein, „zurück in den Korb, du blöder Hund und piesel ja nicht hier hin, Herrchen kommt gleich, der kann sich dann mit dir amüsieren!" Warum verstand sie mich nicht? Ich hielt es nicht mehr aus und suchte mir ein Fleckchen, an dem ich mich erleichtern konnte und kroch sofort wieder zurück in den Korb. Voller Angst sah ich mit großen traurigen Augen in Richtung Küche, wo Frauchen das Essen zubereitete, als ich den Haustürschlüssel hörte. „Herrchen," ich kann es gar nicht glauben, im Sturzflug war ich an der Tür und zeigte, indem ich Herrchen durchs ganze Gesicht schleckte, meine Freude und Erleichterung, endlich ging es los, das „richtige Gassigehen," in den Wald. Wir beide tobten

durch die Diele, als ich den schrillen Schrei aus dem Wohnzimmer vernahm! „Der Hund kommt weg, ich hab die Nase voll!" Sie hatte das Häufchen und den See entdeckt. Ich verkroch mich unter dem Sofa, als Frauchen wieder ihre „Hätte ich bloß " Sätze zum Besten gab!
„Hätte ich bloß auf meine Freundin gehört!"
„Hätte ich bloß einen großen Hund genommen!"
„Hätte sie mich bloß nicht so traurig angesehen!"
Hätte, hätte, hätte...
Herrchen holte die Leine, ich kroch mit wackeligen Beinchen und völlig vor Angst schlotternd unter der Couch hervor. Mit einem Sprung war ich auf Herrchens Arm und in Sicherheit. Wir liefen sofort los, in den Wald. Oh, ist das schön, wir werfen bestimmt gleich wieder Stöckchen und ich bringe sie wieder zurück. Das ist ein prima Spiel, ich habe die lange Leine um, fast fünfzehn Meter Freiheit. Herrchen weiß genau, was mir gut tut, er nimmt mich auch in den Arm und spricht mit mir, dabei streichelt er mir über den Rücken und krault meine Ohren. Er meint: er leide auch unter der Situation mit Frauchen, während der Arbeit sind seine Gedanken oft bei mir, er kann sich gar nicht mehr richtig konzentrieren, weil er weiß, dass es mir zu Hause nicht gut geht! Vielleicht wäre es besser für mich, wenn ich in eine andere Familie käme, dieser Gedanke lässt ihn nicht mehr los. „Herrchen, Du musst mit Frauchen sprechen, ich bin doch noch so klein, ich muss doch noch so viel lernen, warum versteht sie es denn nicht?" Oh, ich sehe wie ein großer Hund aus dem Nichts vor uns auftaucht, Herrchen ruft schon, „pfeifen Sie bitte Ihren Hund zurück, wir befinden uns hier im Wald und es laufen viele kleine Rehkitze mit ihrer Mutter herum, außerdem herrscht Leinenpflicht!" „Warum," schnauzt der Mann zurück, „ich mache, was ich will, es geht Sie gar nichts an!" Plötzlich springt der große Hund mich an, Herrchen geht dazwischen, um mich zu beschützen, da beißt er auch schon zu. Ich jaule und bin völlig verwirrt, eben noch so schön gespielt und jetzt ist alles wieder vorbei. Herrchens Arm blutet stark, ich möchte ihn trösten und versuche das Blut abzulecken, aber Herrchen will es nicht! In dem Moment taucht aus dem Unterholz eine etwas wild aussehende Gestalt auf, greift nach ihrem Hund und weg sind sie.

Herrchen ruft noch hinterher, „ich bin von Ihrem Hund gebissen worden, bleiben sie doch stehen!" Aber nichts passierte. Wir trotteten Richtung Heimat, unterwegs begegneten uns noch zwei Hundebesitzer mit ihren frei rum laufenden Dackeln. Herrchen berichtete von seinem Erlebnis und bat die Hunde anzuleinen. Wieder kam nur die Entgegnung „wieso sollen wir sie anleinen, warum sollen unsere Kleinen darunter leiden, wenn Sie nicht in der Lage sind, auf Ihren Hund aufzupassen?" Warum sind nur so viele Menschen so aggressiv und müssen ständig so laut rumschreien? Was passiert nun wieder? Die beiden Dackel springen Herrchen und mich an, sie meinen wohl, sie müssten ihr Frauchen verteidigen. Vielleicht ist es auch das runtertropfende Blut, was sie so wild macht. Ich fange an zu winseln und lege mich auf den Rücken. Merken die beiden denn nicht, dass ich mich ihnen unterwerfe, ich habe Angst, bin doch viel kleiner als sie! Wo bleiben denn die Frauen, warum nehmen sie nicht ihre Hunde an die Leine? Sie sind schon meterweit vorausgegangen und kümmern sich nicht. Plötzlich schreit Herrchen ganz laut auf und tritt mit dem Fuß auf einen herumliegenden Ast. Es gibt einen höllischen Lärm, als er zerbirst. Die beiden Dackel stehen vor Schreck ganz still und schleichen Sekunden später durch den feuchten morastigen Boden in Richtung ihrer verwaisten Frauchen. Beschmiert von oben bis unten müssen sie sich dann das Donnerwetter von ihren aufgetakelten Besitzerinnen über sich ergehen lassen. „Wie seht ihr nur aus, hat Mama dich nicht erst gebadet" und „du, Julchen, hast Dein neues Halsband völlig verschmutzt! Wie die Ferkel seht ihr aus, alles nur wegen so einem blöden Terrier. Sie haben uns den ganzen Nachmittag verdorben!" „So etwas gemeines," mussten wir uns dann auch noch anhören. „Das sind ja dumme Weiber, sagt mein Herrchen, wollen einfach nicht wahr haben, dass sie an allem die Schuld tragen, ist ja auch bequemer so!" Uns ist jetzt aber auch die Freude am Gassi gehen gründlich vergangen und Herrchen muss auch schnell zum Doktor! Wir sind gerade aus dem Wald heraus, als uns ein Polizist entgegenkommt, Herrchen bat ihn um Rat, was er nur tun solle, oder ob er vielleicht den wilden Mann mit dem großen Hund kenne. Aber er erwiderte nur griesgrämig, er hätte jetzt Feierabend, „Machen Sie morgen eine Anzeige gegen unbekannt!" Als wir beide dann völlig aufgelöst endlich zu Hause ankamen, brauchten wir nach diesem abenteuerlichen Spaziergang zunächst mal einen Drink! Aber der war uns wohl nicht vergönnt, denn Frauchen empfing uns mit einem riesigen Gezeter. „Wie seht ihr denn aus, ihr seit ja ganz verdreckt, wagt es ja nicht, euch auf die Couch zusetzen, passt ja auf, dass kein Blut auf den Teppich tropft!" Mich verdonnerte sie sofort ohne Wässerchen ins Körbchen zu gehen. Herrchen fuhr dann gleich wieder los, zum Arzt. Was überhaupt passiert war, wollte Frauchen gar nicht hören. „Es interessiert mich nicht, was du wieder mit diesem blöden Köter erlebt hast," schrie sie Herrchen hinterher! Und wieder lallte sie diese dämlichen „hätten wir uns bloß nicht diesen Misthund geholt"- Sätze, „dann wäre dies alles nicht passiert." „Was wird nur aus unserem Urlaub, wenn die Bisswunde sich noch entzündet! Hätte ich bloß den Urlaub über Weihnachten mit unseren Freunden gemacht, dann hätte dieser Scheiß-Hund nicht unter meinem Tannenbaum gelegen!" Traurig betrachte ich das Szenario aus der Ferne. Was habe ich nur falsch gemacht? Ich brauche doch wirklich nicht viel, nur ein wenig frisches Wasser, einmal am Tag mein Fressi, und das Gassigehen ist doch auch für die gesamte Familie gesund. Dafür gebe ich doch auch ganz, ganz viel zurück. Wenn mir Herrchen und Frauchen genau sagen würden, was ich darf und was nicht, mache ich es doch mit Freuden richtig. Warum sagt sie, ich sei blöd? Ich bin nicht blöd, „sie" ist blöd, weil sie sich nie damit beschäftigt hat, was ein Hund alles kann! Ein Hund kann Vermisste suchen und aufspüren. Ein Hund kann behinderten Menschen die Lebensfreude wiedergeben und bei der Bewältigung der täglichen Aufgaben eine große Hilfe sein. Ein Hund kann Trost spenden. Ein Hund kann sich ohne weiteres einem turbulenten Familienleben anpassen. Ein Hund bereichert unser Leben durch sein liebenswertes Wesen. Ein Hund kann einem Blinden ein guter Führer sein und, und, und. „Gibt es irgendein anderes Tier, was diese Aufgaben so zuverlässig und präzise erfüllen kann?" Wir besitzen eine ausgesprochene emotionale Intelligenz und sind doch schon als Welpe bemüht, euch Menschen zu verstehen! Wenn ihr mich lasst und mir dabei helft, werden wir voneinander viel lernen, und ich werde der treuste und beste Kumpel sein, den ihr euch wünscht. Herrchen und Frauchen, beobachtet mich genauso, wie ich euch beobachte, dann werdet ihr in kurzer Zeit raus finden, was ich brauche, fühle und denke! Schreit nicht mit mir rum, das verunsichert mich. Du bemühst dich nicht einmal, meine täglichen Bedürfnisse zu erfüllen! „Frauchen, warum hast du mich eigentlich geholt?"

In zwei Tagen wollen wir in den Urlaub fahren, ich muss mit, weil keine von Frauchens Freundinnen mich haben will. Angeblich mache ich zu viel Schweinkram und morgens müsste man zu früh raus, das würde ihrem Schönheitsschlaf gewaltigen Abbruch tun. Überall würden die Haare herumfliegen, und der Gestank des Hundefutters würde durchs ganze Haus ziehen. „Und wenn es regnet, wie soll ich denn den Schirm und gleichzeitig den Köter halten!" Überhaupt sei es eine Zumutung, die Hundehaufen zu entfernen, der Gestank hafte womöglich noch stundenlang an den Händen! Frauchen war stinksauer, aber nicht auf ihre Freundinnen, sondern auf mich. „Ich" würde ja durch mein Dasein ihren heißersehnten Urlaub total blockieren und „ich" sei ja so schlimm, dass nicht mal ihre besten Freundinnen mich haben wollen. Den ganzen Abend mussten Herrchen und ich uns anhören, was für Einschränkungen sie wegen „mir", dieser Misttöle, machen müsse. Schließlich hätte sie sich ja diesen Urlaub reichlich verdient.

Nachdem Herrchen ihr versprechen musste, dass sie morgens ausschlafen könne und er sich um alles kümmern werde, willigte sie endlich ein, dass wir gemeinsam fahren. Abends wurde der Wagen gepackt und am frühen Morgen ging es dann los. Ich bin schon sehr aufgeregt, als kleiner Welpe habe ich so eine lange Autofahrt ja noch nie mitgemacht. Mein Platz befindet sich hinten in der Hundebox. Es ist sehr warm und zu trinken habe ich auch mal wieder nichts bekommen aus Angst ich könnte kleckern. Nach drei Stunden mache ich mich bemerkbar, mein Durst wird immer größer, ich möchte mein Wässerchen haben und raus, meine Beinchen vertreten. Es ist hier sehr eng in der Box, und die vielen Wolldecken nehmen mir die Luft zum Atmen. Es wird immer heißer, keiner reagiert auf mein Jaulen, ich fange an zu bellen. Das nervt Frauchen, „Was hast Du denn jetzt schon wieder, leg dich hin und sei still!" „Sie" hat ja auch ihre Wasserflasche vor sich stehen! Bitte haltet an, lasst mich hier raus, ich bekomme kaum noch Luft. Es ist unerträglich heiß, die Sonne knallt hinten auf die Kofferraumklappe und genau dahinter steht meine Box! Endlich fuhren sie auf einen Rastplatz. Der Käfig war kaum offen, als ich lossprinten wollte. Herrchen konnte mir kaum die Leine umlegen, so aufgeregt zappelte ich. Wollte nur noch raus in die Freiheit und an die frische Luft. Kaum draußen, war der erste Baum meiner, jetzt muss ich nur noch das richtige Fleckchen Rasen finden, um mein Häufchen zumachen. Wieder zeterte Frauchen von weitem: „Los, seht zu, wenn sie nicht macht, hat sie selber schuld, kommt jetzt, wir müssen weiter!" Herrchen meinte ganz zaghaft, er müsse noch mal auf die Toilette. Also übernahm Frauchen die Leine. Wir gingen ein ordentliches Stück Richtung Ausfahrt. Bald hatte ich mein Geschäft erledigt und wir hätten umkehren können, aber Frauchen ging immer weiter. Was ist denn jetzt los, sie bindet mich an einem großen Stück Metall an, ganz dicht an den vorbeirasenden Autos und läuft weg. Ich schaue ihr hinterher und weiß nichts mit der Situation anzufangen. Ist das ein neues Spiel? Kann aber nicht sein, denn Frauchen hat noch nie mit mir gespielt! Sie läuft immer weiter Richtung Auto und steigt dann ein. Herrchen ist noch nicht da, ich fange an zu bellen, habe furchtbare Angst, irgendwas stimmt hier nicht. Was passiert mit mir? Da sehe ich Herrchen von der Toilette kommen, ich belle aus Leibeskräften, aber die Autos sind zu laut, Herrchen hört mich nicht. Er denkt doch auch, dass ich hinten in meiner Box sitze. Sie fahren los, ich bin an der anderen Seite angebunden, durch die Leitplanke etwas verdeckt. Ich versuche hochzuspringen, aber es gelingt mir nicht, ich bin zu kurz angebunden. Mich überfällt die Panik. Was hat Frauchen gemacht? Jetzt sind sie an mir vorbeigefahren, ich sehe noch, wie Frauchens Kopf sich nach mir umdreht. Das Auto wird immer kleiner, bis es ganz aus meinen Augen verschwindet. Ich sitze in der prallen Sonne, habe immer noch nichts getrunken, mein Köpfchen tut entsetzlich weh und ich zittere am ganzen Körper. Die Autos rasen an mir mit schrecklichem Lärm vorbei, das ist alles nur ein Missverständnis, gleich tauchen sie wieder auf und nehmen mich mit. Spätestens an der nächsten Raststätte wird Herrchen mich vermissen und umkehren. Aber das passierte nicht, keiner kam zurück. Es streiften mich mitleidige Blicke aus den vorbeirasenden Autos, aber keines hielt an. Einige Leute, die ihre an. Einige Leute, die ihre Beine vertreten wollten, kamen mit ihren Kindern zu mir und betrachteten mich wie eine Attraktion, aber keiner kam auf die Idee, mir mal ein Wässerchen zu geben oder mich aus der Sonne zu nehmen. Niemand holte die Polizei. Es ging mir zusehends schlechter, mir war übel und schwindelig, alles verschwamm vor meinen Augen. Ich lag schon ziemlich lange und schlapp auf dem Boden, als mit quietschenden Reifen ein Lkw vor mir hielt. Ich zuckte zusammen und wurde fast besinnungslos vor Angst und Schmerzen. Ein Mann stieg aus, er lief zu mir und beugte sich über mich. Er sprach ganz ruhig auf mich ein und streichelte sehr vorsichtig mein glühendes Köpfchen. „Wer hat dir das nur angetan? Ich nehme dich erst mal mit in mein Auto!" Ganz behutsam nahm er mich auf seinen Arm. Ich hätte ihm gerne geantwortet, mein Frauchen wolle ihren Luxusurlaub ohne Einschränkungen durch einen kleinen Hund genießen. Als sie ging, fauchte sie noch, irgendjemand werde sich meiner schon annehmen, ich sei ja ein echter Jack-Russell und dazu noch ausgesprochen hübsch, ich müsse nur traurig genug gucken, dann klappe es schon. Eigentlich sei es schade um das viele Geld, was ich gekostet hätte! Ich lag auf seinem Fahrersitz, und er gab mir ein Wässerchen aus seiner hohlen Hand zu trinken. Ich war extrem schwach, hatte kaum Kraft, aber der Mann hatte erkannt, in welcher Verfassung ich war. Ganz vorsichtig kühlte er meinen ausgemergelten kleinen Körper mit Wasser. Immer sprach er ganz leise auf mich ein, dass nun alles gut werden würde, ich bräuchte keine Angst mehr zuhaben. Er würde sich wünschen, das mein Herrchen und Frauchen ihre gerechte Strafe erhalten! Ich schlabberte eine Hand Wasser nach der anderen, und plötzlich hielt der liebe Mann, ein Mettwurstbrötchen in der Hand. Er schnitt es in ganz kleine Stückchen und fütterte mich. Allmählich kehrten meine Lebensgeister wieder zurück. Aber das Zittern und die Angst blieben. Bei jeder Handbewegung zuckte ich zusammen. Der Fremde fragte mich: „Was wollen wir denn jetzt mit dir machen, kleine Madam? Ich muss morgen für eine Woche nach Norwegen mit meinem Truck und habe auch keine Papiere für dich. Heute Nacht kannst du hier bei mir schlafen und dich ein wenig erholen, aber morgen muss ich dich zur Autobahnpolizei bringen"! Mit diesen Gedanken, wo komme ich hin, kann ich nicht bei

meinem netten Retter bleiben, oder kommen Herrchen und Frauchen doch noch zurück, schlief ich irgendwann völlig erschöpft und mit superdicken Hundetränchen im Gesicht ein.
Nächsten Morgen erwachte ich schon sehr früh, mein lieber Retter schnarchte noch. Alles kam wieder zurück, der ganze gestrige Tag, wie ein Faustschlag in mein Gesicht. Die Angst kroch in meinen Körper, meine Zähne klapperten aufeinander und ich fing an zu weinen. Ja, auch Hunde können Tränen vergießen. Ich hatte keine Beherrschung mehr über meinen Körper. Immer wenn ich aufstehen wollte, brachen mir die Beinchen weg und ich fiel zur Seite, als hätte mich jemand mit der bloßen Hand ins Gesicht geschlagen. Die Stunden an der Autobahn hatten mich sehr krank gemacht. Der Fremde verabschiedete sich mit einer Träne im Auge von mir und flüsterte mir lieb zu, „vielleicht sehen wir uns ja noch mal wieder, ich werde mich nach dir erkundigen, mach es gut, kleine Madam!"

Ein neues Leben beginnt...... endlich angekommen

Nun lag ich in der Amtsstube wie eine Schnecke zusammengerollt auf einer Decke der Autobahnpolizei. Wir warteten auf die Dame vom Tierheim, sie wollte mich abholen. Alle bemühten sich um mich, waren super nett, aber ich hatte kein Vertrauen mehr, keiner durfte mich streicheln. Sobald einer in meine Nähe kam, fing ich an zu knurren! Als das Auto vom Tierheim vorfuhr, geriet ich in völlige Panik. Die Dame war wirklich sehr einfühlsam, aber ich konnte mich einfach nicht anfassen lassen. Mir wurde ein Maulkorb angelegt und dann trug die Frau mich ins Auto. Ich wurde wieder in so eine Box gesperrt, dann kam die Panik wie eine große Flut über mich, ich weinte und bellte zugleich. Alles an meinem Körper bebte, mein kleines Herz stolperte und drohte die Brust zu sprengen, ich hatte Todesängste. Nach kurzer Zeit hielten wir an, anscheinend hatten wir das Ziel erreicht, mein neues Zuhause, für wie lange? Von weitem hörte ich Hundegebell, je näher wir dem Hundehaus kamen, desto lauter wurde es. Es gab nichts Harmonisches hier, es herrschte eine unruhige Stimmung. Die Box mit mir als Inhalt bekam ein Pfleger in die Hand gedrückt mit der Anmerkung, „Vorsicht, eventuell bissig!" Es ging ab, mit schaukelnden

Bewegungen in Richtung meines Quartiers. Mein neues Wohnzimmer teilte ich mit einer anderen kleinen Jack-Russell Hündin, jeder hatte seine Hartschale als Körbchen, natürlich ohne Decke. Ich schätze, wir hatten ca. vier Quadratmeter zur Verfügung. Ohne Heizung und warmes Wasser. Unsere gemeinsame Toilette befand sich in der Mitte des Raumes, es war aber wohl nur zum Pipimachen gedacht, ein ganz normaler Abfluss. Durch eine Klappe, welche zu bestimmten Zeiten hochgezogen wurde, gelangten wir ins Freie. Dort hatten wir ganz viel Auslauf mit mehreren Hunden zusammen. Im gesamten Tierheim war der Lärmpegel so hoch und die Hektik so groß, dass man es kaum ertragen konnte. Mir ging es immer noch sehr schlecht. Der Hundedoktor stellte fest, dass ich traumatisiert sei und dieses Erlebnis wohl nie verarbeiten könne. Mit meiner Mitbewohnerin verstand ich mich recht gut, sie war ein Scheidungshund. Herrchens neue Flocke wollte sie nicht haben, Und Frauchen musste den ganzen Tag arbeiten gehen, da blieb keine Zeit für den Hund. Sunny ist jetzt fast ein Jahr hier, sie wurde schon dreimal vermittelt, aber immer wieder zurückgebracht. Sie hat ein Problem mit dem Alleinsein. Sobald die Familie das Haus verlassen habe, hat sie die ganze Nachbarschaft zusammengejault. Keiner hätte sie ernst genommen und sie langsam daran gewöhnt. Manches Mal sei sie acht Stunden allein in dem großen Haus gewesen, habe noch keines der Geräusche gekannt und sich immer fürchterlich erschreckt. Sie sei dann völlig aufgelöst und nervös gewesen, als die Familie heimgekommen sei. So richtiges Verständnis hat ihr wohl niemand entgegengebracht, schade, sie ist eine ganz kleine liebe süße Maus. Abends teilten wir uns im Körbchen einen Knochen und wünschten uns nichts mehr, als eine Zukunft in einer lieben Familie. Wir malten uns richtig aus, wie es so sein könnte, morgens mit der Familie zusammen zufrühstücken, mit Frauchen durch den großen Garten zutollen, und zwischendurch kleine Streicheleinheiten zubekommen. Wenn die Kinder aus der Schule kämen, die Socken zuklauen und sie ein wenig zuärgern. Wenn Herrchen nach Hause käme, an den Kühlschrank zugehen und mit ihm ein Würstchen zu essen und abends mit unter der Bettdecke zukuscheln. „Ach Amy, vielleicht haben wir ja ganz großes Glück, dass unser Wunsch bald in Erfüllung geht!" „Ja

Sunny, das wäre schön, heute ist ja wieder Besuchertag, ich bete für uns!" Endlich ist das große Abfüttern vorbei und wir dürfen mit unseren Paten Gassigehen. Es ist die einzige Abwechslung, die wir hier haben, gegenüber des Tierheims liegt der Wald. Ich freue mich schon aufs Schnüffeln, fast eine Stunde, aber leider nur an der Leine. Brav sitze ich in meiner Zelle und warte, wer heute kommt, um mich auszuführen! Ich bin schon ganz aufgeregt, es sind Leute, die ich noch nicht kenne. Von weitem höre ich Stimmen, es sind Frauen, meine Beinchen zittern schon wieder vor Angst dass sie vorbei gehen und sich einen anderen Kumpel zum Gassigehen aussuchen. Aber sie bleiben vor mir stehen, „Amy, bleib ruhig, reiß' dich zusammen," aber es geht einfach nicht, ich belle laut los und fletsche meine Zähne! Habe mich nicht unter Kontrolle, ich merke, wie die Besucher zusammenzucken und sagen, „die sieht ja gefährlich aus, da gehe ich nicht hinein, ich will doch nicht gebissen werden!" Susi, meine Pflegerin klärte uns auf, Amy sei eine ganz liebe, sie habe einfach nur Angst, weil sie so viel Schreckliches erlebt habe. Man müsse sich erst ihr Vertrauen erarbeiten, es werde sicher nicht leicht sein, aber es lohne sich bestimmt! Ich versuche mich etwas zu beruhigen. Es fällt mir aber schwer. Ich renne jaulend und völlig verstört von einer Ecke zur anderen. Plötzlich wird die Tür aufgesperrt, eine der Frauen traut sich tatsächlich zu mir rein. Sie geht langsam auf mich zu und redet ganz ruhig auf mich ein, in der Hand hält sie meine Leine. Ich denke in dem Moment nur an den Wald, ans Schnüffeln und „raus hier aus der Zelle." Sie will mich anleinen, aber das ist, ziemlich schwierig, Susi muss helfen. Dann aber geht es los! Die können mich kaum halten. Zu den beiden Frauen gehörte noch ein Kind, Ben, er ist zwölf Jahre alt. Als wir den Wald erreichen, verlor ich auch etwas von meiner Angst. Ich dachte, so schlecht können diese Menschen doch nicht sein, sie haben sich sogar getraut in meine Zelle zu gehen. Ich hatte mich ja wirklich nicht von meiner besten Seite gezeigt. Sie unterhielten sich jetzt über mich, ah, sie finden mich niedlich und sind der Meinung, mit ganz viel Geduld und Liebe würde ich bestimmt der liebste Kumpel werden. Sie beschlossen, mich diese Woche noch weiter zum Gassigehen abzuholen. Unterwegs war ich fast wieder die alte Amy. Habe gehorcht, bin an der Straße sitzen geblieben, habe

Platz gemacht und nicht an der Leine gezogen. „Oh, kleine Botschaft in den Himmel gesandt, lass sie meine neue Familie werden, die sind so lieb zu mir!" Auf dem Rückweg zum Tierheim fing ich an zu ziehen, das konnten Ben, seine Mama und die Oma nicht verstehen, sie sagten, das es komisch sei, oder ich mich so sauwohl im Heim fühlen müsste, dass ich deshalb in die Richtung zöge. Den richtigen Grund konnten sie ja auch nicht wissen: Ich war so aufgeregt, weil ich es nicht mehr abwarten konnte, Sunny zu berichten, wie der Spaziergang und die Unterhaltung geworden waren und das ich eventuell gute Chancen hätte, eine liebe Familie zu bekommen. Abends lagen wir wieder in unseren Körbchen und knabberten gemeinsam an einem Knochen. Nebenbei schwärmte ich von den netten Leuten und erzählte Sunny, dass ich vielleicht auch einen Bruder bekommen würde, weil die Tochter sich für einen Jack-Russell aus einem anderen Tierheim entschieden hatte. Wieder beteten wir, dass es wenigstens für eine von uns beiden bald in Erfüllung geht und wir auch nie den Kontakt abbrechen werden.
In den nächsten Tagen ging mein größter Wunsch in Erfüllung. Ich durfte mit in mein zukünftiges Zuhause. Erst einen Tag auf Probe, aber mein neues Frauchen und Herrchen haben mich nicht mal mehr in die Zelle zurückgebracht, sie haben gleich alle Unterschriften erledigt und bezahlt. Keine Minute wollten sie mich noch hierlassen. Ihr könnt euch gar nicht ausmalen, was das für mich, kleine Jack-Russell Hündin bedeutet hat. Ich habe ein Zuhause gefunden mit vielen lieben Menschen. Ich darf im Meer schwimmen, in die Schaumkronen beißen, als wären es Baiser, Stöckchen werfen spielen, stundenlang am Strand laufen und ab Montag zur Schule gehen. Ja, mein Frauchen hat mich in einer Hundeschule angemeldet. Die ist hier ganz bekannt, gibt es jeden Samstag im Fernsehen. Wir waren heute schon dafür im Futterhaus und haben eingekauft. Natürlich keine Schultüte, aber eine kleine Leckerli-Tasche, die Frauchen immer wegwirft, Und ich hole sie zurück. Dafür bekomme ich dann eine kleine Belohnung. Ich fühle mich hier hundewohl, habe zwei Körbchen, eines im Schlafzimmer vor Frauchens Bett und eines in der Diele. Abends liege ich mit der ganzen Familie auf der Couch. Herrchen sagt immer, „benimm dich, sonst fliegst du runter." Also benehme ich mich! Ernie, der Jack-Russell von Frau-

chens Tochter, lebt auch mit im Haus, wir gehen immer zusammen Gassi. Ich habe hier wirklich alles, was ein Hund sich nur wünschen kann, aber trotzdem stimmt etwas nicht mit mir. Ich habe immer noch Ängste und fange aus heiterem Himmel ganz laut an zu weinen. Manchmal bin ich eine richtige Zicke, aber meine Familie versucht alles, mir zu helfen. Ich denke ständig an Sunny, was sie wohl macht, ob jetzt ein anderer Hund bei ihr schläft und mit ihr Knochen kaut! Morgen werde ich versuchen, ihr ein wenig aus meinem neuen Leben zu schreiben. Und bedanken möchte ich mich auch noch bei den Tierpflegern und der Heimleiterin. Sie waren alle so bemüht und ich hatte es wirklich den Umständen entsprechend gut dort. Nun suche ich mir aber erstmal eine Decke, unter die ich schlüpfen kann. Heute versuche ich es bei Herrchen, der hat sich schon so oft beklagt, dass ich zu wenig mit ihm schmuse.

Hallo liebe Kumpel,
endlich habe ich einmal die Zeit, mich bei euch zu melden! Ihr seht, ich habe euch nicht vergessen. Es ist alles so entsetzlich aufregend, ein neues Zuhause zu bekommen. Ich habe mir am Anfang ziemlich große Mühe gegeben; das ich ja nicht mein allzu bekanntes Jack-Russell-Verhalten zum Besten gebe. Bin sehr schmusig mit meinem Frauchen, ich muss immer wissen, ob sie wiederkommt. Jeden Morgen darf ich mit ins Bett, eine Runde kuscheln. Das ist mein Tagesbeginn, später geht es auf Piste;-) Wir waren schon sehr oft am Strand, ich kannte doch gar kein Wasser. Frauchen hat dann immer meinen Ring hineingeworfen und ich habe ihn ganz stolz zurückgeholt. Ohne Leine am Strand entlang laufen, diese Freiheit möchte ich mir nicht verscherzen. Also bin ich immer ganz gehorsam und komme zurück, wenn Frauchen mich ruft. Allerdings gab es auch schon mal ein paar Vögel und einen richtig schönen fetten Hasen, denen ich nachgejagt bin. Als ich jedoch zurückkam, hatte ich Panik, Frauchen und Herrchen waren weg. Aber sie hatten sich nur versteckt. Man, war ich froh, hab` auch keinen Anranzer bekommen, bin ja schließlich wiedergekommen. Jetzt bin ich schon ein paar Wochen in meiner neuen Familie und habe fast alle kennengelernt. Dazu gehören viele Omis, eine Tochter, einen

Enkel, Tanten, Freunde und „ERNIE", der Hund von Frauchens Tochter. Ein völlig durch geknallter Jack-Russell, aber sind wir Jackies das nicht alle ein wenig? Ich bin völlig genervt, muss ich ausgerechnet jetzt meine Läufigkeit bekommen! Na das kann ja lustig werden, wir alle unter einem Dach! Frauchen hat mir gleich so ein heißes Höschen angezogen, ich fand den Fummel nur doof. Also wieder runter damit, aber das fand Frauchen gar nicht witzig. Es gab ein kleines Kämpfchen, aber ich hab` den kürzeren gezogen. Will ja auch nicht dumm auffallen. Ernie hatte richtig Liebeskummer, er hat das ganze Haus zusammengeheult. Wenn wir uns trafen, zum Gassigehen, durften wir richtig lange knutschen und uns beschnüffeln, aber mehr war nicht drin, da hat Frauchen ganz schön aufgepasst. Morgen muss ich zum Hundedoktor, ich kratze mich ständig, man könnte auch sagen, mir juckt das Fell;-) Ich habe wohl eine Futterallergie, darf nur noch ganz was Besonderes und sehr Teures essen. Eismeerfisch, Kartoffeln, jede Menge Kräuter, frisches Gemüse und alles ohne Zusatzstoffe, was das wohl ist! Das mit dem Schwanz blutig beißen hat Frauchen in den Griff bekommen, auch ohne Antidepressiva. Das Fell wächst schon sehr schön nach. Heute bin ich schon fast zwölf Wochen hier, langsam wird es mir zu anstrengend, immer gehorsam zu sein. Ich glaube, ich sollte mal austesten, wie weit ich meine Grenzen abstecken kann, ich bin ja nicht umsonst ein Jack-Russell. Meine Läufigkeit ist auch vorbei und alle sind glücklich, endlich Ruhe. Tja, da fange ich doch am besten gleich mal beim Gassigehen an, ich könnte doch mal ein paar Hunde angrätzen. Gedacht, gemacht! Oh, oh, ist mir nicht so gut bekommen, Frauchen hat das Gassigehen abrupt beendet. Dann spiele ich eben die beleidigte Leberwurst und immer dann wenn Frauchen und Herrchen sich zu mir runter beugen, knurre ich sie an. Ab und zu kann ich ja auch mal die Zähne fletschen, will doch mal sehen, wer hier das Sagen hat! Dumm für mich gelaufen, ich darf nicht mehr auf die Couch, und das kuscheln morgens im Bett wurde mir auch verboten. Ich habe die Schnauze gestrichen voll, nichts darf ich mehr! Hoffentlich wird nicht auch noch die Hundeschule abgebrochen! Da bin ich nämlich eine mit von den Besten in Agility. Wie biege ich das nur wieder gerade? Heute morgen habe ich sogar versucht, nach Herrchen zu schnappen. Und draußen muss ich immer große Löcher buddeln. Ich habe das Gefühl, immer etwas suchen zu müssen. Außerdem dulde ich niemanden in Frauchens Nähe, werden alle weggebellt. Komisch, eigentlich möchte ich gar nicht mehr so böse sein, aber irgendwas scheint mit mir nicht in Ordnung zu sein. Das vermutet Frauchen jetzt auch und deshalb sind wir schon wieder beim Doktor angemeldet. Aha, ich höre da etwas von Scheinschwangerschaft. Was ist das denn für 'ne Krankheit? Und das soll auch noch Wochen andauern! Oh Gott, was hat Frauchen nur wieder mit mir auszuhalten? Aber ich finde, sie macht es ganz toll, verliert selten die Nerven, nicht dass ich „nur" ein eigenwilliger Terrier bin, nein, nun kommt auch das noch auf sie zu! Ich muss jetzt so komische Tropfen einnehmen, damit mein Gesäuge nicht mehr so angeschwollen ist und ich vielleicht wieder normal werde. Ha, Ha, Ha, außerdem gibt es obendrauf noch so ekelhaftes Öl für meinen Juckreiz. Ich bekomme es nicht runter, Frauchen hat es auf mein leckeres Essen getan, igitt, habe es nicht gegessen. Nun hatte Frauchen die Idee, dieses nach Lebertran schmeckende, ölige Zeugs in Quark einzurühren, da musste sie mich aber ganz schön austricksen. Ohne Honig und etwas Vanillesoße konnte sie bei mir nicht landen! Aber auch das habe ich überstanden. Frauchen sagt immer, „Amy, hoffentlich ist es mit Deiner „Scheinheiligkeit" bald vorbei, ich will meine alte Amy wiederhaben!" Aber der Arzt meint, so schnell ginge das nicht, da müssten wir jetzt alle durch! Armes Frauchen! Heute Morgen waren wir wieder Brötchen holen, der Bäcker ist nicht weit vom Altersheim entfernt, da kenne ich schon einige Rentner, die haben mich gleich ins Herz geschlossen. Die warten morgens schon auf mich und begleiten uns ein Stück des Weges. Da bringe ich wohl ein wenig Freude ins Herz und in den tristen Alltag von den netten Omis und Opis. Aber heute spielten meine Hormone wieder verrückt, als sich ein älterer Herr zu mir runterbeugte, um mich zu streicheln, habe ich ohne Vorwarnung gleich zugebissen. Es ist aber kein Blut geflossen, nur die Abdrücke meiner Zähne konnte man deutlich sehen! Jetzt ist Frauchen sehr enttäuscht von mir. Sie hat in einer Woche einen Hundepsychologen zu uns bestellt und glaubt, dass jetzt nach all den Wochen in denen ich mich eingelebt habe, meine Erinnerung an mein früheres Leben durch bestimmte Laute oder andere Umstände zurückgekommen ist. Und das müssen wir in den Griff bekommen, weil wir uns ganz doll lieb haben und uns nie mehr trennen möchten.

Mittlerweile sind einige Wochen vergangen und ich habe meine Sanne, eine ganz liebe Hundetrainerin. Wir machen große Fortschritte, meine Ängste werden immer weniger und ich kann mich voll auf mein Frauchen verlassen. Sie beschützt und liebt mich. Ich kann mich jetzt beim Gassigehen voll entspannen und mich so richtig ohne Stress aufs Schnüffeln konzentrieren.

Letzte Woche bin ich kastriert worden. Ihr wisst doch, ich hatte es so mit den Hormonen, weiß nicht genau, was es ist, aber eines habe ich gehört; Wenn der Doc mich nicht operiert hätte, wäre ich gestorben. Ich hatte nämlich ganz viele Tumore in der Gebärmutter, jetzt sind sie weg und mir geht es wieder richtig gut. Als Belohnung (Frauchen und Herrchen fanden, ich sei richtig tapfer gewesen) sind wir in Urlaub gefahren. An die Nordsee, ich konnte baden und nach Seetank tauchen, so oft ich wollte. Aber das Wasser war hier noch salziger als bei uns zu Hause. Wir haben nur gekuschelt und ganz lange Spaziergänge unternommen. So langsam bin ich wieder die alte Amy, die Frauchen sich immer zurückgewünscht hat. Mir geht es sehr gut, ich spiele jetzt die Hunde-Nanny für Ernie, meinen kleinen Jackie-Bruder! Der hat es faustdick hinter den Ohren, macht alles kaputt und bellt das ganze Haus zusammen, wenn wir alleine sind. Ich sitze dann auf einem Sessel und raunze ihn von oben herab an, wenn er sich wieder daneben benimmt. Er hört dann sofort auf und geht in sein „stilles" Körbchen. Ich verdiene mir so mein Taschenleckerchen.

Also Kumpels, macht's gut, dies war nur ein kleiner Auszug aus meinem Leben. Ich werde euch auch mal besuchen, denn vergessen werde ich die Zeit bei euch nie. Danke, danke, danke für alles und einen dicken Hundekuss.

Eure Amy

Lasst uns in eure Herzen und lasst uns mit euch zusammen die weiteren Wege gehen.....das ist Liebe pur.

Jetzt reichts, ich geh da einfach nicht mehr

Glücklichsein ist sehr wichtig, eine Eigenschaft, die vielen abhanden gekommen ist. Wir hetzen gierig nach Macht und Besitz. Dabei vergessen wir, dass es noch die Worte, wie Danke – Bitte – Auf Wiedersehen und Guten Tag gibt. Wir gehen sparsam mit Lob und Verständnis um. Alles reduziert sich nur noch auf ein Minimum, wir hetzen durchs Leben und bemerken nicht mehr die kleinen Freuden, welche uns am Wegesrand begegnen. Ich stehe morgens auf und habe schon in Gedanken meine Liste über die Dinge, welche ich heute erledigen muss, abgespeichert.
Ich muss mit dem Hund gehen.
Ich muss das Treppenhaus machen.
Ich muss Oma zum Arzt fahren.
Danach wieder mit dem Hund gehen.
Die Fenster müssen geputzt werden.
Ein Blick in den Kleiderschrank zeigt mir, dass hier auch 'ne Krisen-Intervention nötig ist. Die Windlichter in der Diele und im Wohnzimmer haben auch schon durchsichtigere Zeiten erlebt, sie leiden bestimmt schon unter Vitamin D-Mangel, da kein Sonnenstrahl mehr durchkommt, und meine Bügelwäsche, die im Rollcontainer unter dem Bett im Dornröschenschlaf liegt, hat bestimmt schon so viele Falten, dass ich es vielleicht mal mit ein wenig Botox im Bügelwasser versuchen sollte.
So könnte es lustig weiter gehen. Mir kam schon die Idee, meine Klorolle mit den Themen zu beschriften, die ich eigentlich gerne mal mit meinem Ex-Mann besprechen möchte. Aus Zeitmangel gelingt uns dies nämlich so gut wie nie. Man könnte auch sagen, wir haben uns nicht mehr viel zu sagen, dann hätte ich nämlich die Gewissheit, dass er mich endlich mal; wenn auch nur über eine Klorolle wahr nimmt. Denn auf diesem Ort verbringt er mehr Zeit als mit mir. Ich finde, dass irgendetwas in meinem Leben falsch läuft. Die kleinste Kleinigkeit bringt mich schon auf hundertachtzig, aber dagegen kann man ja ein paar Pillen schlucken oder einen Beruhigungstee trinken. Während des Frühstücks schlinge ich

schon die letzte Hälfte des Brötchens runter aus Panik mein Pensum des Tages nicht mehr zu schaffen.

Gegen vierzehn Uhr erreiche ich bereits den Tiefpunkt, habe gerade ein Viertel von dem geschafft, was ich mir vorgenommen habe, da zwischendurch pausenlos das Telefon klingelt. Meine Mutter hatte Langeweile und berichtete mir, dass ihre Stützstrümpfe nach der Wäsche wieder wunderbar geworden sind und ihre Putzfrau eine entzündete Zahnwurzel hat. Einige Minuten später rief meine neunzigjährige Schwiegermutter an. Sie beklagte sich über ihre Verdauung. Dabei fiel mein Blick in die Küche, dort lagen schon meine Utensilien zum Kochen bereit; Bratwürste im Naturdarm. Ich glaube, ich werde meinen Mülleimer fragen, ob er heute eventuell Appetit auf sie hat. Meine Freundin Sabine erreichte mich gerade in dem Moment, als ich die Hundedecke über dem Balkon ausklopfte, dabei aber übersah, dass unter mir Kaffee getrunken wurde. Sabine wollte meinen Rat, sie sei furchtbar verzweifelt, sie wüsste nicht, ob sie ihre Brust vergrößern lassen oder eine Kreuzfahrt machen soll. Die Sorgen hätte ich gerne! Bei mir wäre es allerdings 'ne Verkleinerung. Warum hat eigentlich keiner Mitleid mit mir? Ich fühle mich als Opfer des Lebens und anderer Menschen! Das macht mich aggressiv mir selbst und anderen gegenüber. Ich hetze wie ein „Eichhörnchen den Baum hoch" durch den Tag, gönne mir nicht mal in Ruhe eine Tasse Kaffee zwischendurch. Es ist bereits siebzehn Uhr und mein Hund zeigt mir durch seinen Blick an, dass ich die eigentliche Gassi-Gehzeit erheblich überschritten habe. Also raus aus dem Putzdress, rein in die Hundegassigehklamotten. Behangen mit der Schleppleine, dem Leckerlibeutel und der Wasserflasche am Gürtel, wie Luis Trenker, der den Mont Everest besteigen will, zieht Amy mich, mit einer Leine um meine Taille befestigt, den dritten Stock runter über die Straße in den gegenüberliegenden Wald. Schweißgebadet komme ich dort an. Nach mehreren Hundeattacken und Fluchtversuchen ins tiefe Unterholz, um etwaigen Bisswunden zu entgehen, komme ich Zuhause kaum noch die Treppe herauf. Mein Hund und ich fallen ausgepowert auf die Couch, nur mit dem Unterschied, dass „meiner Amy" das Gassi gehen Spaß gebracht hat. Ich messe meinen Blutdruck, hundertsiebzig zu hundertzehn. Die Panik macht sich breit,

mein Herz rast und die Schweißausbrüche nehmen zu. Ist das jetzt mein Ende, mit siebenundfünfzig Jahren? Ich versuche mich zu beruhigen, geht nicht, weil mir zuviel im Kopf herumschwirrt. Ist ja schon nach achtzehn Uhr und um neunzehn Uhr muss das Essen auf dem Tisch stehen. Mein Ex kommt fast jeden Abend, weil es ihm so gut schmeckt. Er ist mein Ex, ohne Sex, schmunzel, schmunzel. Außerdem habe ich auch noch nicht eingekauft. Ich koche mir einen Entspannungstee, nehme meine Notfalltropfen und atme in die Plastiktüte, (stehe nämlich kurz vorm Hyperventilieren) natürlich „die" aus meiner Lieblingsboutique, um gleichzeitig der Seele etwas Gutes zutun. Nun noch schnell raus aus den Hunde-Klamotten, rein in Jeans und Jacke und los zum Super-Markt. Als mein „Ex ohne Sex" gegen neunzehn Uhr erschien, ist der Backofen gerade vorgeheizt und die erste Kartoffel geschält. Vor mir liegen zwei Forellen und starren mich an. Ich habe das Gefühl, sie möchten mir etwas mitteilen, aber wie soll das gehen! Ich versuche sie in die Hand zu nehmen, aber sie flutschen mir ständig wieder runter ins Waschbecken. Keine Chance, sie entglitschen immer wieder. Ich ignoriere sie schließlich und stelle fest, dass der Tisch ja auch noch nicht gedeckt ist. Ich bin so dermaßen hektisch, dass mir alles aus der Hand fällt. Während ich mich in meiner kleinen Küche umdrehe, fege ich mit meinem Hinterteil die alte Blumenvase von Oma vom Tisch. Ich bückte mich, um die Scherben vorsichtig aufzuheben. Als ich hoch komme, bleibe ich am Stiel des Kochtopfes hängen. Nach einer leichten Rechtsdrehung zur Befreiung berühre ich den Zuckertopf, und der fällt direkt in das Blumenwasser auf den Boden. Die Stimmung ist perfekt. Mein Adrenalinspiegel steigt ins Unermessliche, ich zittere am ganzen Körper und fange entsetzlich an zu heulen. Ich tue mir nur noch leid!
Karl-Friedrich sitzt unterdessen seelenruhig vor dem Fernseher und genießt das Kochduell mit Poletta oder Lanz, was weiß ich, wie die alle heißen. Bei mir könnte er es live haben, aber ich bin ihm wohl nicht exklusiv und parkettsicher genug. Ich schenke mir mit zittrigen Händen einen riesengroßen Schnaps ein und beruhige mich zum x-ten Mal damit, dass ich ab morgen ein anderes Leben anfangen werde. Ich werde mir mehr Zeit für mich und meine Hobbys nehmen. Gegen dreiundzwanzig Uhr geht mein Ex, mal wieder oh-

ne Sex. Ich stehe allein in der Küche und stelle mir wiederholt die Frage, ob ich noch normal bin! Vierundzwanzig Uhr, Feierabend, alles abgewaschen, Geschirrspüler habe ich leider nicht. Noch schnell im Wohnzimmer die Kissen auf der Couch in die Ausgangsposition gelegt, Gläser in die Küche gebracht, also alles wieder so positioniert, wie es aussah, bevor mein Ex zum Essen erschien. Dann endlich die ersehnte heiße Dusche! Gegen ein Uhr liege ich im Bett und versuche zu lesen, um mich runterzufahren. Aber meine Gedanken ordnen schon wieder die Aufgaben nach Dringlichkeit für den heutigen Tag. Irgendwann schlafe auch ich ein. Am nächsten Morgen werde ich brutal von einer Stimme geweckt, es ist mein Handy. „Es ist eine kleine Sms angekommen, ist die nicht niedlich?" Es gab Zeiten, da fand ich diese Ansage wirklich niedlich, aber heute- und schon gar nicht in dieser Herrgottsfrühe, da macht sie mich aggressiv. Mit gichtgeplagten Händen versuche ich mir die Brille aufzusetzen. Dabei haue ich meinen Tee vom Nachtisch, supertoller Tagesbeginn. Meine Tochter fragt mich in ihrer Sms, ob ich schon wach sei! Was für 'ne blöde Frage, natürlich bin ich jetzt wach. Mit wackeligen Beinen schwanke ich noch etwas schlaftrunken in die Diele Richtung Telefon. „Was ist denn los, frage ich sie?" „Gar nichts, höre ich vom anderen Ende, ich dachte nur, wenn du schon wach bist, könnten wir ja eher mit den Hunden raus!" Ich gehe auf meine Tochter ein, tue was sie möchte und bin in den nächsten zwanzig Minuten Hunde ausgehfertig. Eben noch im Tiefschlaf und jetzt schon im Wald umgeben von hunderten gut gelaunter Jogger. Mit einem Hechtsprung verschwinde ich mit meinem Hund ins tiefe Gestrüpp, um den frei laufenden Hunden die Konfrontation mit unseren kleinen Rabauken zu ersparen. Nach etwa dreißig Minuten erreiche ich schweißgebadet und mit Hundekacke verdreckten Sohlen meine Wohnung im dritten Stock. Amy, meine kleine Jack-Russell Hündin sprintet sofort durch in die Küche zum Fressnapf. Mich reißt sie gleich mit, da ich vergessen habe, die Leine von meiner Taille zu entfernen. Ich rieche schon die braunen Fußabdrücke auf meinem weißen Küchenfußboden. Mir geht es gar nicht gut. Ich könnte nur noch heulen und alles kaputt kloppen. Mit Tränen überströmten Augen beseitige ich die verdauten Essensreste irgendeines fremden Hundes von gestern. Mit Würgereiz kämpfend kippe ich das braune Aufwischwasser in die Toilette und zittere dabei so stark, dass die Hälfte vorbei schwappt. Im Hintergrund nehme ich knisternde Geräusche wahr. Als ich in der Küche ankomme, hatte ich das Gefühl, das Leben sei nicht mehr lebenswert. Amy hatte mittlerweile den Mülleimer mit der eingewickelten Hundekacke fein säuberlich ausgepackt und auf dem gesamten weißen Fußboden mit den Pfoten gleichmäßig verteilt. Ich heule Rotz und Wasser und schmeiß mich ins Wohnzimmer auf die Couch. Dabei fällt mein Blick auf die Uhr. Es ist bereits kurz vor neun, um zehn Uhr habe ich einen Arzttermin und um elf Uhr muss ich meine Mutter zum Zahnarzt fahren, um ihr neues Gebiss anzupassen. Wieder überfiel mich die Panik. Ich bekomme einfach nichts mehr auf die Reihe. Zwischendurch rief mich meine Tochter noch ein paar Mal wegen irgendwelcher Belanglosigkeiten an. Einer unserer Nachbarn war doch wirklich so dreist, dass er für sich gleich zwei Parkplätze beansprucht hat. Oder hast du auch den Fernseher an, die Moderatorin hat 'ne supertolle Frisur. Meine Mutter klingelte auch noch mal durch, ich solle bitte pünktlich sein, sie komme nicht gerne zu spät zum Arzt.

Seit Tagen verspüre ich schon wieder diese entsetzlichen Rückenschmerzen in der Wirbelsäule, und meine Gürtelrose meldet sich auch in ihrer äußerst charmanten Art an. Ich fühle mich schlapp und todkrank. Meine Freunde, die mir früher so gut taten, halte ich auf Distanz, ich kann gesellige Abende nicht mehr ertragen. Ich nehme mir zuviel vor und ärgere mich darüber, wenn ich die Termine nicht einhalte. Eine reine Gefühlsentscheidung kann sogar dazu führen, dass ich entgegen meiner Überzeugung handle. Ich ärgere mich ständig darüber, wenn ich das, was ich mir vornehme, nicht einhalte, weil ich mich zu etwas anderem überreden lasse. Ich reagiere gereizt und bin sehr empfindlich. Und trotzdem gelingt es mir immer wieder, aus den letzten Ressourcen, welche mir noch verblieben sind, meine Kraft für die notwendigsten Arbeiten zu ziehen. Zweifel sind meine ständigen Begleiter. Ich habe Angst, mich der Menge gegenüber nicht mehr genug anpassen zu können und dafür Kritik und Ausgrenzungen zu erfahren. Immer wieder höre ich mich sagen, warum ich, warum passiert mir das nur. Ich ertappe mich des Öfteren dabei, anderen die Schuld für meine Missgeschicke zu geben. Warum tue ich das, geht es mir dadurch besser? Ist es für mich zu schmerzhaft, ein selbst erschaffendes Leid oder eine Fehlentscheidung einzugestehen? Mir geht es danach nicht wirklich gut, ich weiß, tief im Innern leide ich selbst an meinen unwahren Gedanken und an meiner nicht verarbeiteten Vergangenheit. Mir fehlt die Treue zur Wahrheit des eigenen Herzens. Die abgelehnte Liebe und die Angst des Verlassenwerdens in meiner Jugend ziehen sich wie ein roter Faden durch mein Leben. Ich denke zu viel, beschäftige mich täglich mit dem Gedanken, ich könnte nicht mehr wert geschätzt werden. Ich muss darauf achten, dass andere mich nicht verletzen, weil ich damit ganz schlecht umgehen kann. Wenn meinen Kindern etwas passiert, bin ich ganz alleine. Ich habe Angst zu scheitern, in meinen alltäglichen Aufgaben. Überall begleiten mich kleine Flügelchen mit Harfenbegleitung, mir ging es so dermaßen schlecht, dass ich beschloss, Landestrauer anzuordnen ;-)

Die „guten Ratschläge" meiner Freundin, gingen in die Richtung einer rekonvaleszenten Invalidität, zeigten mir aber auch gleichzeitig, dass „sie" wohl schon in der Quinta pensionsreif gewesen sein muss. Ich habe das Gefühl, so viele Baustellen in mir zu haben, dass die weit über meine Lebenszeit hinaus reichen, um sie abarbeiten zu können. Und das versetzt mich in eine absolute Panik. Aber irgendwie war das Weinen auch eine Erleichterung für mich.

Was kann ich tun? Ich erinnere an ein Meditationsbuch, was ich mir vor langer Zeit mal gekauft habe. Koche mir einen Kräutertee, nehme das Buch zur Hand und versinke darin. Nach neunzig Minuten habe ich es durch. Ich empfinde ein gutes Gefühl in mir. Der erste Schritt ist getan. Ich verordne mir jeden Tag von zwölf bis ein Uhr keine Anrufe mehr entgegenzunehmen. Stecker raus ziehen, Jogamatte auf den Boden und meditieren! Ich fange gleich damit an und bin überrascht, dass ich die Ruhe finde und mir dies auf Anhieb gelingt. Ich liege bequem, die Beine lang ausgestreckt und die Hände neben mir, leicht vom Körper entfernt. Ich beginne zu zählen: eins, zwei, drei, vier, bei eins einatmen und immer wieder von vorn. Dabei ganz tief in den Bauch atmen. Nach kurzer Zeit fühle ich mich wohlig und entspannt, ich schlafe ein. Als ich nach ca. dreißig Minuten aufwache, bin ich ruhig und habe neue Kraft. Als zweiten Schritt nehme ich mir vor, jeden Morgen und jeden Abend ein Mantra zu sprechen. Morgens, „es geht mir gut." Abends, „danke für meine kleine süße Familie!" Mein dritter Schritt war, „mach dir weniger Gedanken," um das, was andere von dir denken." Probe aufs Exempel, morgens einfach mal ohne Schminke Gassi gehen. Mein Hund hat es mir verziehen und es hat mich auch keiner gefragt, wie ich es wagen könne, so unter die Menschen zu gehen. Alle haben mich freundlich begrüßt, keiner hat es wahrgenommen, nur meine Nachbarin hat mich gefragt, ob es mir nicht gut gehe, ich sei so blass. Nur ich habe mich nicht wohlgefühlt, ich habe gedacht, die anderen sähen es und machten abfällige Äußerungen über mein Aussehen. Was macht mich zufrieden? Was möchte ich? Was würde mich glücklicher machen? Ich möchte mich selbst auch nicht mehr von anderen unter Druck setzen lassen! Wenn in meiner Wohnung Staub, Sand und Hundehaare liegen, dann liegen sie da eben. Ich will nicht mehr jeden Tag saugen und feudeln, ich will nicht mehr jeden Tag abwaschen, aus Angst, es könnte jemand kommen und mich zensieren oder bestrafen! Niemand! Meine Eltern sagen mir nicht mehr, was ich zu tun habe. Ich entscheide, wann der Zeitpunkt da ist, an dem ich mich nicht mehr wohl fühle. Dann werde ich saugen und feudeln! In dieser gewonnenen Zeit, nennen wir sie „Putzauszeit", beschäftige ich mich mit meinen Hobbys; nähen, malen und mein Hund.

Wenn mich zwischendurch mal wieder das Gefühl überkommt, der Kleiderschrank müsse wieder aufgeräumt werden oder das Silber müsse mal wieder auf Hochglanz poliert werden, atme ich ganz ruhig durch und stelle mir die Frage: Wozu hast du mehr Lust, putzen oder nähen? Möchtest du wieder in deinen alten Trott zurück? „Nein", will ich nicht. Wenn zwischendurch tausendmal das Telefon klingelt, sehe ich erst nach, wer es ist und entscheide dann, wird es ein langes oder kurzes Gespräch. Meine Mutter rufe ich am besten dann zurück, wenn ihre Serie „Gute Zeiten, schlechte Zeiten" läuft, denn dann reduziert sich das Gespräch von neunzig auf maximal fünf Minuten. Schwiegermutter ist neunzig und leidet unter Demenz, der erzähle ich, dass wir bereits am Morgen telefoniert haben. Diese Notlüge gestatte ich mir. Mit meinen Freundinnen

habe ich das Abkommen geschlossen, am Samstag nach dem Frühstück zu telefonieren. Meine Tochter und ich haben es in der Vergangenheit bis zu fünfundzwanzig Telefonate am Tag gebracht. „Welche Leine nimmst du mit?",„Was kochst du heute?" „Siehst du auch den Krimi heute Abend?" „Hast du mitbekommen, wie laut meine Nachbarn eben die Haustür aufgeschlossen haben?" „Unser Vermieter ist gerade gegangen, ist der dick geworden!" „Mein Nachbar über mir hat schon wieder seine Schubladen so laut zugeschlagen!",„Es ist so schön gemütlich bei mir, was machst du gerade?" Ich habe es addiert, kommt fast eine Stunde dabei raus. Also wieder eine Stunde mehr für mich und meine Seele. Mittlerweile habe ich sogar Zeit, morgens im Bett zehn Jogaübungen zu machen. Meine Migräne und Rückenschmerzen haben sich drastisch reduziert. Ich treffe mich wieder zum Bummeln mit einer Freundin, (ohne schlechtes Gewissen) und habe Freude daran. Ich habe mit meiner Tochter ein langes und gutes Gespräch gehabt, sie akzeptiert meine neue Lebensführung, oder wie man es auch immer nennen mag und ist sehr bemüht um mich. Ich genieße es, wenn ich mit einer Grippe flachliege, dass mein Enkel mich mit einem Tee, oder mein Töchterchen mich mit einer Hühnersuppe überrascht. Ich sehe unser Verhältnis als ein sehr gutes an. Wir vertrauen und helfen uns gegenseitig. Wir geben uns Trost, sind immer für einander da, können uns in der Not bedingungslos aufeinander verlassen, haben viel Spaß miteinander und versuchen mit Empathie, uns in den anderen hineinzuversetzen, falls es mal nötig ist. Meine Tochter ist meine Vertraute und beste Freundin. Und das war nicht immer so.
All dieses trägt sehr dazu bei, dass ich motiviert bin, an meinem Leben zu arbeiten. Dass es noch ein langer Weg bis zum Ziel wird ist mir völlig bewusst.
Aber ich bin auf dem besten Weg und fühle mich super motiviert.

Liebe mich dann, wenn ich es am wenigsten brauche...

Soko Zitronenpresse

Am Samstag dem 23. August passierte das Unfassbare; Schwiegermutter wurde die Zitronenpresse geklaut. „Seit fünf Jahren wohne ich hier in diesem Seniorenheim, nie ist etwas passiert", mit diesen Worten wurden wir, die Kinder zum obligatorischen Kaffeetrinken am Sonntagnachmittag empfangen. Sie war völlig außer sich. „Das waren bestimmt die Putzfrauen, denen habe ich noch nie vertraut. Die meinen auch, eine Frau Lehar, die hat Geld, die kann man ruhig beklauen! Wir sind ja schließlich wer, habe fünfzig Jahre von morgens bis abends in unserem Geschäft gestanden, ich lasse mich nicht so einfach ausrauben! Morgen gehe ich zur Polizei und werde Anzeige erstatten! Das lasse ich mir nicht gefallen! Die denken auch, „mit denen kann man es ja machen, die sind ja wohlhabend!" Wir hatten echte Schwierigkeiten, Schwiegermutter zu beruhigen. Nicht einmal die heißgeliebte Mandarinentorte konnte sie ablenken. Ich fragte mich ständig, ob es mit der Kriminalität schon soweit fortgeschritten sei, dass jetzt schon Rentnerinnen Saftpressen geklaut werden. Schwiegermutter zeterte weiter. „Man müsse jetzt jeden Flohmarkt überwachen, dann würde man bestimmt den Täter überführen können." Ich wagte dann noch einzuflechten, dass die Täter bestimmt nicht in Kiel die Zitronenpresse anbieten würden, sondern überregional, in Hamburg oder Berlin, auf den größeren Flohmärkten. Sonst würden sie ja sehr schnell entdeckt werden. „Ja, das muss ich der Polizei gleich am Montag mitteilen, dass sie überregional suchen müssen!" Endlich konnten wir uns in Ruhe der Torte widmen. Schwiegermutter war anzusehen, dass sie sich mächtig auf Morgen freute, der Polizeistation einen Besuch abzustatten. War ja auch nicht sehr weit, sie befand sich im Erdgeschoß des Seniorenwohnheimes. Hätte ich da schon geahnt, wie oft sie den Beamten dort auf die Nerven gehen würde, hätten wir uns mit Sicherheit mental besser darauf vorbereiten können. Nach knapp zwei Stunden konnten wir uns dann, ohne unhöflich zu erscheinen, verabschieden. Dass die Zitronenpresse nur einen Flohmarktwert von vielleicht drei Euro hatte, zählte nicht, schließlich hätte sie einen ideellen Wert, das haben die Täter mit einkalkuliert. Sie stammt ja aus dem Hause Lehar! Als wir im Auto saßen, sahen wir uns beide an und prusteten laut los. Wie sollten wir mit einer „so großen kriminalistischen Angelegenheit" in unserer Familie umgehen? Vielleicht sollten wir Staatstrauer anordnen! Trotz der ernsten Lage schafften wir es einfach nicht, traurig zu sein. Am Montag klingelte unser Telefon. Wir saßen gerade beim Abendessen. Schwiegermutter: „Ich wollte euch nur mitteilen, dass ich nun Anzeige erstattet habe. Die Beamten hatten vollstes Verständnis und waren sehr nett zu mir! Sie fangen heute noch mit den Ermittlungen an." Sie war sichtlich erleichtert in der Hoffnung, ihre geliebte Zitruspresse bald wieder in die Arme nehmen zu können. Tja, was sollten wir darauf noch erwidern? Wir drückten ihr natürlich beide Daumen. Schon einen Tag später rief uns der nette Beamte aus besagter Polizeistation an. „Spreche ich mit den Angehörigen von Frau Lehar aus dem Seniorenwohnheim?" Ich bejahte in erwartungsvoller Haltung diese Frage. „Ihre Schwiegermutter hat heute erneut eine Anzeige gestellt, ihr sei das Kölnischwasser, eine kleine Flasche von dreißig Milliliter gestohlen worden", teilte mir der geduldige Beamte vom Revier mit. Fragt sich nur, wie lange er noch geduldig bleibt! Oh mein Gott! Wenn es denn noch schlimmer würde, soll sich doch mein Mann mit seiner Frau Mutter auseinandersetzen. Das tat er dann auch. Völlig aufgebracht kam er nachmittags aus dem Geschäft und teilte mir mit, dass er ihr eine neue Flasche Kölnischwasser besorgen musste, weil seine Frau Mutter Essig in diese Flasche kippen wolle, um die Täterin bei einem erneuten Übergriff zu bestrafen. Sie vermutet, es sei ihre Putzfrau, die hätte sie schon länger auf dem Kieker, ihre Perlenkette sei schon seit ewigen Zeiten verschwunden! „Sag mal Schatz, hast du nicht letztes Jahr von Mutter eine Perlenkette zum Geburtstag bekommen?" „Ja, erwiderte ich und jetzt muss etwas passieren, sonst wird es nicht nur peinlich, sondern recht ungemütlich für uns!" Der neue Tag hatte kaum begonnen, als das Klingeln unseres Telefons alles in uns erstarren ließ. Nach zwei endlos langen Minuten hatte ich das kürzere Streichholz gezogen und ging ran. Soweit war es also schon, wir mutierten zum Wettbüro! „Margarete, ich muss meinen Sohn sprechen, ich bin wieder bestohlen worden!" „Dein Sohn ist schon ins Geschäft gefahren. Was fehlt

Dir denn heute?", erwiderte ich. „Du musst gar nicht so gelangweilt tun, mein Sohn würde mich sofort beruhigen. Es geht mir schon schlecht genug. Dann rufe ich eben im Geschäft an!" Sprach's und legte auf. „Tja, dumm gelaufen, mein Schatz, jetzt bist du wieder dran! Dann fahre man schnell ins Geschäft, damit sie dich erreichen kann, bevor sie hier noch Terror macht!" Ich war schon ziemlich neugierig, welcher Schwarzhändler wieder reichlich Beute bei ihr gemacht hat. Vielleicht steckt ja 'ne richtige Organisation dahinter; immerhin sind in kürzester Zeit eine Zitruspresse und eine dreißig Milliliter Flasche Kölnischwasser entwendet worden. Es ist einfach zu köstlich, wie Schwiegermutter sich und ihren Reichtum immer wieder hervorhebt! Ihr Standesdünkel hat sie auch mit fast zweiundneunzig Jahren noch nicht abgelegt. Der Rangstufe nach müsste es so ungefähr aussehen: Dienstrang, Dienstgrad, Stellung oder Position, Titel, wohlhabend bis vermögend, in guten Verhältnissen lebend und für alle ertragreich sein. Für Schwiegermutter müssten alle Menschen Chargennummern tragen, dann könnte sie mit Leichtigkeit von vorn aus aussortieren. Oh, mein Handy vibriert, es ist der Sohn meiner Schwiegermutter im Display zu sehen. „Hallo", rief ich süffisant in den Lautsprecher, „lass mich raten, es ist die fünfzig Jahre alte Pelzjacke, die wir immer auf die Terrasse hängen, wenn sie bei uns ist, weil der Geruch von Muff und Mottenkugeln uns sonst in die Ohnmacht treiben würde!" „Ne Schatzi, viel schlimmer," erwiderte mein Mann in neckend, frotzelndem Ton, „ihre, verwitterte alte Keramik-Gans, die auf dem Balkon in der Ecke stand, ist plötzlich verschwunden!" „Das kann ich durchaus verstehen, erwiderte ich scherzhaft, „ich wäre auch sofort von ihr fort, gen' Süden gezogen." „Ha, ha," sagte mein Mann, „wenn es nicht so traurig wäre, würde ich auch lachen." „Du hast ja recht," erwiderte ich schon etwas reumütiger, wir wissen ja auch nicht, was auf dich zukommt, wenn, ich zweiundneunzig Jahre bin! Wer weiß, vielleicht mache ich noch einen Salsa-Kursus oder brenne mit einem Latino durch; alles schon passiert!" „Das ist mir in dem Alter dann auch egal", sprach mein lieber Mann und legte auf. Abends saßen wir dann bei einem Glas Wein und beratschlagten, wie es nun mit Schwiegermutter weitergehen sollte. Die Beamten wurden schon leicht ungehalten. Kein Wunder, „Grande Madam" erschien fast täglich auf der Wache, um sich einen Überblick des Status Quo zu verschaffen, „Beamte muss man nämlich auf den Schlips treten, sonst passiert gar nichts", meinte Schwiegermutter. Also schmiedeten wir einen Plan, um wieder Ruhe in unser Leben einkehren zu lassen. Außerdem war es uns wichtig, die Beamten als große Helden darzustellen. Einen Tag später machten wir uns auf den Weg ins Seniorenheim. Ich mit der Perlenkette und mein Mann mit einer dreißig Milliliter Flasche Kölnischwasser gewappnet. Schwiegermutters Sohn eröffnete feierlich unsere mühsam zusammengestellte Kleinkunstbühne. „Mutter, wir sind heute vom Revier angerufen worden, es ist alles aufgeklärt! Deine Saftpresse wurde in Konstanz am Bodensee sichergestellt, ein Aktionshaus hat sie auf der Liste gestohlener Waren erkannt und die Polizei verständigt, sie sollte versteigert werden. Im Moment befindet sie sich auf der Rückreise nach Kiel! Deine Gans, war vom Frost zerbrochen, daraufhin hat deine Putzfrau sie entsorgt, es wurde dir auch mitgeteilt, aber du hast es sicher vergessen! Nun aber zu deinem Kölnischwasser: Ich habe gestern, als du unten zum Gedächtnistraining warst, deine Wohnung aufgeräumt und das Kölnischwasser auf deiner Frisierkommode entdeckt. Es hat ein neues Etikett, deshalb hast du es auch nicht wiedererkannt. (mittlerweile standen dort schon drei Flaschen.) Du hast seit fast fünfzig Jahren das alte Etikett vor Augen, also präge dir mal das Neue ein. Auch deine Kette ist wieder da. Die Beamten haben gute Arbeit geleistet. Sie hatten die Idee, einmal im Fundbüro nachzuforschen und siehe da, mit Erfolg." Jetzt kam ich ins Spiel. „Hier ist deine Perlenkette und zog sie aus meiner Jackentasche, vorher natürlich etwas mit Erde präpariert. Du musst sie auf dem Wochenmarkt verloren haben, dort wurde sie jedenfalls gefunden." Wenn wir jetzt eine Lobestirade erwartet hätten, irrten wir gewaltig. Ihr Kommentar lautete: „Na ja, dann ist ja gut, hätte ich nicht soviel Druck gemacht, wären die Ermittlungen bestimmt nicht so schnell abgeschlossen worden. So habe ich schließlich auch einen großen Teil zur Aufklärung beigetragen. Dann nahm sie flugs das Telefon in die Hand, um ihre Freundin anzurufen.

Helga kommt heute nicht....

Meine Freundinnen und ich waren mit schon fast unverschämt guter Laune auf dem Weg nach Eckernförde. Marie saß am Lenkrad, ich als zitternde Co-Pilotin daneben und Dany hinten. James Blunt schrie so grell aus dem Lautsprecher, dass ich berechtigte Hoffnung hatte, mein Tinnitus würde die Flucht ergreifen. Ich möchte gleich mal vorweg nehmen, wenn wir „Drei" unterwegs sind, wirkt selbst die witzige Cindy aus Marzahn wie ein Schnarchhuhn!
Unser Ziel war ein kleines Café im ersten Stock am Marktplatz, von dort aus konnte man so schön aus dem Fenster schauen und herrlich die Menschen benoten. Eines unserer Themen ist so wichtig wie das Papier auf dem Klo, nämlich unser Single Dasein, seit Jahren solo und das bei unserer Attraktivität! Wir stellen immer wieder fest, dass es eine Sünde und Vergeudung ist, so alleine durch die Weltgeschichte zulaufen.
Marie fällt das Rührei von der Gabel, als sie einen traumhaft aussehenden Mann über den Marktplatz schlendern sieht, im Schlepptau eine omega dicke Frau in weißen Leggings, Haare lang, polygelb verunglückt gefärbt. Mein fleißiger Wischmopp sieht selbst nach zehn Treppenhausreinigungen noch gepflegter aus! Als Krönung zog sie wie ein Junkie an ihrer Zigarette und schob mit lustlosem Gesicht ihren Kinderwagen vor sich her. „Wie kann man nur so entsetzlich dick sein. Was hat die bloß für ein Selbstbewusstsein und dann noch Leggings tragen, dass geht ja gar nicht", äußerte Marie, immer noch mit der inzwischen rührei-leeren Gabel in der Hand, das ist ja 'ne Beleidigung für mein Auge!" „Tja", wirft Dany dann immer wieder ganz lax ein, „Die hat aber einen, wir nicht."
„Toll, Dany, musst du uns immer wieder daran erinnern", schrie ich unbeherrscht über den Tisch, „muss es denn auch noch so ein unverschämt hübscher Mann sein, ich verstehe das nicht, was hat die, was wir nicht haben, oder kann die Kunststücke vollbringen?"
Inzwischen schob die Kellnerin zwei Tische zusammen und deckte sie ein. In der Mitte standen mehrere kleine Mineralwasserflaschen, außerdem war es sehr steril eingedeckt. Was sagte mir dann sofort

meine weibliche Intuition und sprach es dann auch gleich laut aus? „Schaut mal, das sieht aber gefährlich nach einer Mittagspause für einige Geschäftsleute aus, so typisch nach Konferenz-Raum. Warmhaltekannen mit Kaffee gefüllt, die kleinen Wasserflaschen. Ich habe das Gefühl, dass heute für dich, liebe Marie dein Märchenprinz gleich die Treppe hoch kommt und dir direkt ins Gesicht lächelt. Vielleicht bringt er ja auch noch seinen Sohn für mich und den Enkel für Dany mit. Warum sollen wir nicht auch mal Glück haben?" „Dein Wort in Gottes Gehörgang, mein Horoskop hat es mir für den heutigen Tag schon angekündigt", erwiderte meine Freundin und ließ die Treppe nicht mehr aus den Augen.
Wir widmeten uns wieder den leckeren Dingen auf unserem Tisch. Plötzlich war Bewegung auf der Treppe, es krachte und schepperte ganz fürchterlich. Dann vernahmen wir ein gleichmäßiges Quietschen, auf der Bildfläche erschien eine kleine wackelige alte Dame mit ihrem Deltaroller. Sie schnaubte beängstigend, und vor lauter Anstrengung fielen ihr lauter Schnottertropfen aus der Nase. Ihr Ziel war der eingedeckte Tisch. Zwei Sekunden später folgten ihr zwei hohlwangig und verrunzelt aussehende Greisinnen. Sie hatten das gleiche Ziel, unseren „Märchenprinzentraumtisch". Wir drei prusteten lauthals los und konnten auch nach etlichen Lachattacken einfach nicht aufhören. Natürlich vergaß Marie nicht, ihren Kommentar abzugeben. "Tja, war wohl nichts mit den drei Generationen von Traummann für uns, oder meint Ihr, das sind verwunschene Prinzen, die wir wachküssen müssen?" „Dann nimmst du aber die mit der Schnottertropfennase", wagte ich ganz schnell zwischen einer Lachpause einzuflechten, „ ja mache ich", erwiderte Marie. „Dany, was ist mit dir, welche willst du wachküssen?" Bevor sie antworten konnte, kam noch reichlich Auswahl die Treppe herauf. Eine Frisur in hennarot betrat das Café, anders kann ich es nicht ausdrücken, weil diese Frisur mehr Präsenz ausstrahlte als das kleine von Rouge fast zugepuderte Gesicht. Es waren so ziemlich dreißig cm im Durchmesser unter großem körperlichen Einsatz, zu einem Haarkürbis toupiert worden. Der Mund brillierte in grellorange mit dem hennaroten Prachtstück um die Wette. Man hätte sie an Halloween gut vor meine Haustür drapieren können. An ihrem Arm hing ein kleines schmächtiges Männchen, der ein höchst

seltsames „Etwas" auf seinem Haupt trug. Aus der Ferne sah es aus wie ein krankes Nagetier, welches schon ziemlich lange unter komatösen Umständen auf diesem Kopf verweilte. Schmutzige Klebereste, die für den Halt des Toupets Verantwortung trugen, lugten neugierig an der Seite heraus. Mich überkam großes Mitleid mit diesem Haarteil, es hatte bestimmt das armseligste Leben unter den Toupets. Hier sei es dringend nötig, eine Pflegestufe zu beantragen. Mit lautem Geschrei wurde dieses extrem kuriose Paar schon von weitem begrüßt. Die letzten fünf Meter hing der einzige verwunschene Märchenprinz hier im Raum immer noch wie ein übler Virus an seinem Kürbis. Auch sie steuerten den bewussten Tisch an und nahmen reichlich Platz ein. Marie litt mittlerweile unter Atemnot, ihre Lachattacken wurden nicht nur schlimmer, nein, sie wurden auch viel lauter. Das war wirklich Ohnesorg-Theater live. Fast alle sprachen plattdeutsch. Plötzlich sprang meine Freundin auf und rannte in Richtung Toilette. Just in diesem Moment kam eine pralle Größe vierundfünfzig mit Gamsbart-Hut auf dem Kopf und gesund aussehenden roten Apfelbacken die Treppe herauf. Marie musste sich in die nächste Ecke zwängen, sonst hätte es bestimmt Verletzungen mit kleinen Quetschwunden gegeben. Alles noch mal gut gegangen. Dany und ich gönnten uns gerade eine kleine Verschnaufpause, als diese vitale Bauersfrau lauthals vom Treppenansatz her durch das Café schrie: „Helga kommt heute nicht, sie hat es mit dem Darm!" Als sie näher zu uns kam, nahmen unsere Nasen einen Geruch wahr, der uns stark an Gülle erinnerte. Jetzt waren unsere Augen gefordert! Sie trug einen Mantel, der nur noch aus Haaren, Flusen und Flecken bestand. Ich glaube, dieses Kleidungsstück hat sich irgendwann einmal zur Bio-Kompost-Anlage verwandelt. Marie kam wieder zurück. Wir begrüßten sie mit der traurigen Nachricht, dass Helga heute nicht kommen kann, weil sie es am Darm hat. Sie kreischte los und schlug dabei immer wieder auf den Tisch ein. Das weckte die ganze Aufmerksamkeit der Rentnergang. Sie blickten völlig irritiert zu uns herüber. Auch ich litt bereits unter Atemnot und meine Wimperntusche hing mir zwischenzeitlich wie dunkle Regenwolken auf den Wangen. Dany hielt sich schon länger ihren Bauch, nachdem von der dicken Gerda in sehr appetitlicher Art kundgetan wurde, wie oft Helga nachts auf

die Toilette musste und dass es wohl der fette Grünkohl mit der Schweinebacke vom Bauer Heini gewesen war, wo sie beide gestern eingeladen waren. Mhm, lecker, ich habe Bilder! Der Kürbis meinte dann auch noch erzählen zu müssen, dass ihr klebender Virus auch vor einer Woche beim Einkaufen starke Blähungen hatte, die dann aber in die neue Cordhose gegangen sind. „Ja", sagte die Schnottertropfennase, „Hosen kann man waschen, aber als mir letztes Mal unwohl war und ich fürchterlich spucken musste, fehlte mir danach mein Gebiss!" So, jetzt hatte ich aber die Nase voll und nicht nur von der Verbalakrobatik, sondern auch von den Ausdünstungen! Was sind das denn für Themen am Tisch? Wir beschlossen, bevor es noch schlimmer würde, das Lokal zu verlassen.
Eigentlich müsste man diese kleine Horde Rentner unter Artenschutz stellen, so einzigartig ist jeder von ihnen. Als wir in Hut und Mantel standen, wurden wir gefragt, ob sie uns vergrault hätten! „Nein" sagte Marie, „ich werde jetzt wieder in mein Achtbettzimmer gesperrt, meine Freunde holen mich nur immer am „Ersten" ab, um mir meine Rente abzunehmen." Als wir unten bezahlten, meinte die Kellnerin ganz genervt: „Sie sind zu beneiden, können stundenlang über diese Rentnergang lachen und gehen, wann sie wollen. Ich habe diese unglücklich restaurierten Wesen jede Woche hier und das mindestens drei Stunden."
Auch wenn wir heute nicht unseren Traummann gefunden haben, so haben wir aber zumindest einen kleinen Vorgeschmack von dem bekommen, was uns eventuell in einigen Jährchen blüht.

Wer keine alten Leute kennt, verzichtet auf jede Menge Spaß.

Im Himmel gibt es keinen Puff

Meine Oma nahm es nicht so genau mit der Hausarbeit, überall lag etwas herum. Es war auch schon vorgekommen, dass der Postbote über Omas langbeinige „Schlüpper" strauchelte und auf der Treppe ausrutschte. Nie schaffte sie es, die schmutzige Wäsche in den Keller zu tragen. Sie wurde einfach vom oberen Stockwerk in den unteren geworfen. Dabei blieb dann schon mal das eine oder andere Stück irgendwo hängen und war somit den Besuchern auf Gedeih und Verderb ausgeliefert. Opa Heinrich regte sich darüber so auf, dass es jeden Tag zum großen Ehestreit kam. Ich höre ihn heute noch Oma hinterherrufen: „Wenn ich in den Himmel komme, dann nehme ich den Wäschepuff mit. Da oben gibt es bestimmt keinen. Dann werde ich den Engeln gleich zeigen, wo die schmutzigen Flügel hineinkommen und Du wirst Dich dort oben benehmen. Ich will mich doch nicht noch mit Gott erzürnen." Oma lernte es einfach nicht! So ging es Jahre lang weiter. Die Gäste wurden schon am Eingang mit Oma und Opas „Reizwäsche" begrüßt und der Dackel Heinzelmann tat sein übriges dazu. Er versteckte hier und da einen einzelnen Socken. Dadurch entstand natürlich im Haus ein „angenehmes" Klima. Opa hingegen lief nur noch mit verschiedenen Strümpfen durch die Gegend. Wenn Oma das bemängelte, meinte er ganz lax; „Räum du mal deine Wäsche dahin, wo sie hingehört, dann habe ich auch wieder passende Socken an den Füßen." Meine Großeltern waren mittlerweile fast achtzig Jahre alt und hatten auch das eine oder andere Wehwehchen. Aber trotz allem verschwand Großvater immer öfter in den Keller. In dem befand sich nämlich seine sehr gut ausgestattete kleine Werkstatt. Oben hörte man dann die Säge, den Akkuschrauber und den Hammer.
Da Weihnachten vor der Tür stand, machten wir uns dabei keine großen Gedanken, denn er bastelt für sein Leben gern, vielleicht einen Kaufmannsladen für seine Urenkeltochter. Handwerklich war er schon immer sehr geschickt. Das ging nun schon über Wochen so! Oma beklagte sich, dass er kaum noch zum Essen rauf kam. Angeblich hörte sie ihn unten auch öfter telefonieren, wenn sie

dann aber zu ihm runter kam, legte er ganz schnell auf. Nun muss ich dazu sagen, dass mein Granny immer noch ein sehr attraktiver Mann ist. Graue Haare, aristokratische Nase, einen hübschen sinnlichen Mund, immer eine gesunde Gesichtsfarbe und eine super durchtrainierte Figur. Ich ahnte nämlich langsam, auf was meine Omi hinauswollte. Sie meinte, er würde auch oft weggehen und mit einer großen Tüte zurückkommen. Seit einiger Zeit benimmt er sich ganz komisch, so geheimnisvoll. Als Großmutter letzte Woche vom Einkaufen zurückkam, sah sie gerade noch die hübsche Tochter vom neuzugezogenen Nachbarn aus unserem Haus verschwinden, worauf sie Opa dann sofort zur Rede stellte. Dieser lachte nur und meinte, „sie solle nicht so viel „Gute Zeiten, schlechte Zeiten" gucken, das täte ihr wohl nicht gut! Oder ob sie vielleicht schon was an den Augen hätte." Oma beharrte aber darauf, dass sie Frau Obermair aus unserem Kellerausgang hatte kommen sehen. Opa verbot ihr, Gerüchte in die Welt zu setzen. Damit musste Granny sich dann wohl oder übel zufriedengeben. Am nächsten Tag tat Granny so als ginge sie zum Markt und legte sich auf die Lauer. Sie versteckte sich hinter dem Tannenbaum und musste auch nicht lange warten. Schwups kam doch die Obermair mit ihren kupferroten Haaren um die Ecke gelaufen, wie Rotkäppchen mit einem Korb über den Arm. Was da wohl drin ist, wahrscheinlich Sekt und irgendwelche Spielzeuge. Das hätte Oma nie gedacht, dass Opa zu solchen Schweinereien fähig ist. Nach dreißig Minuten ging die Kellertür wieder auf und Opa rief Frau Obermair hinterher, „Nie hätte ich gedacht, dass es so perfekt mit uns klappt und wir es so schnell machen können. Ich muss aber auch gestehen, dass es ganz schön an meine Kräfte geht. Bitte denke daran, dass niemand es erfahren darf. Meine Familie wird am Heiligabend Augen machen, wenn ich denen diese Neuigkeit präsentiere. So lange muss es unbedingt noch unser Geheimnis bleiben. Ich melde mich, wenn Else wieder einkaufen geht, bis dann, meine Liebe."
Oma war bis auf die Knochen durchnässt von der tropfenden Tanne. Es taute nämlich schon seit geraumer Zeit, aber das hatte sie gar nicht bemerkt. Ihre Gedanken waren nur im Keller. Was passiert dort nach fünfzig Jahren Ehe? Der erste Seitensprung? War es

wirklich der erste? Wie kann ich das jetzt noch wissen? Zum Wochenmarkt ging sie natürlich nicht mehr.
Der nächste Gang war die heiße Dusche und dann einen Grog mit Schuss. Die Küche blieb heute kalt. Als Opa Heinrich aus dem Keller hochkam, begrüßte ihn nicht der leckere, vertraute Geruch von Gebratenem. Oma war nicht in der Küche, sie lag auf der Couch mit ihrem Grogglas in der Hand und blätterte in Zeitschriften. „Was ist denn mit dir los", fragte Opa, „ich habe Hunger, es ist schon ein Uhr vorbei." „Ich habe heute mal keine Lust zum kochen, entweder brätst du dir ein Spiegelei, oder du kannst ja mal bei den Nachbarn fragen, was die so im Topf haben." Opa war fassungslos! So kannte er Oma gar nicht. Frotzelnd meinte er; „okay, ich finde schon etwas in der Küche, aber dass man noch so spät in die Wechseljahre kommt, hätte ich nie für möglich gehalten! Ich dachte, ich bin bis jetzt ganz gut davon weggekommen, wenn ich meine Stammtischbrüder so reden höre! Dann kann ich mich ja wohl in naher Zukunft noch auf was gefasst machen!" Sprach es und ging mit einem Grinsen im Gesicht Richtung Küche, jedoch nicht ohne vorher noch über die schmutzige Wäsche, die frech am Treppengeländer hing, zu schimpfen.
Oma vertraute sich mir an, aber wir hielten es für besser, bis Weihnachten Ruhe zu bewahren. Die Urenkel sollen doch noch eine ruhige und harmonische Weihnachtszeit haben. Ich versprach es ihr.
Endlich war der Heilige Abend da. Bis dahin war es eine harte Zeit gewesen. Oma wollte zwischenzeitlich eigentlich ausziehen, oder Frau Obermair umbringen. Ich redete mit Engelszungen auf sie ein. Und so bog ich sie immer noch ab, die Katastrophe. Alle saßen um den Tannenbaum herum und wir warteten auf die Bescherung. Im wahrsten Sinne des Wortes! Opa wollte uns ja etwas präsentieren. Wir rechneten ganz fest damit, dass er uns mitteilt, sich noch in seinem Alter neu verliebt zu haben und ausziehen werde. Wir waren auf alles gefasst! Uns rasten die Herzen. Oma tat mir so leid. Endlich bekamen die Urenkel ihre Geschenke und waren beschäftigt. Aber nichts aus der Werkstatt! Mir wurde ganz mulmig. Also lag Omi wohl doch mit ihrer Vermutung richtig, sonst wäre ja irgendetwas an selbst gefertigten Spielzeugen dabei gewesen. Opa ging auf Oma zu und nahm sie in den Arm. Mir wurde ganz

schlecht, bei dem Gedanken, es würde jetzt wohl etwas passieren. Er führte sie ins Treppenhaus. Nicht lange darauf hörte ich ein ganz lautes „Oh, mein Gott!" Oma schrie und lachte gleichzeitig. Ich rannte zu ihr, dann sah ich es: Auf jeder Treppe von oben bis unten in den Keller standen vier Wäschepuffs, alle aus Holz gearbeitet, wie eine Sitzbank. Auf der Oberfläche waren sie mit sehr schönem Stoff bespannt. Ich fing an, Rotz und Wasser zu heulen. Wie konnte ich nur einen Augenblick an Opa Heinrich zweifeln? Aber ganz tief im Inneren wusste ich, dass er eine treue Seele ist. Oma war zutiefst bestürzt. Nachdem sie ihre Gedanken wieder einigermaßen geordnet hatte, gingen wir gemeinsam zurück ins Wohnzimmer. „Frau Obermair ist Schneiderin, sie war für den Stoff zuständig", sagte Opa ganz feierlich zu Oma. Du hast bestimmt etwas ganz anderes vermutet, nicht wahr?" „Eines musst du mir ganz fest versprechen, wenn ich dann irgendwann einmal vor dir sterbe, musst du mir den „schönsten Puff" mit in den Himmel geben!"

Ihr steht und sagt: Warum? Aber ich träume und sage: Warum nicht?

George Bernard Shaw

Heiratsschwindler mit „gutem Herz"

Ich, Marie, kann es kaum fassen: ich habe nach langem Warten, endlich meinen Märchenprinzen gefunden!
Nach aufregenden E-Mails ging es langsam in die Richtung des Kennenlernens. Man, war ich aufgeregt. Was ziehe ich an, wie sieht er aus? Natürlich hatte ich schon Bilder gesehen: Aber was sagt so ein Foto schon aus? Wir waren bereits sehr vertraut miteinander, ich wundere mich noch heute, wie leichtfertig ich ihm meine Adresse gab. Vielleicht lag es ja daran, dass unsere Konversation schon auf einem hoch erotischen Level basierte. Der Tag x kam. Mein Märchenprinz stand vor mir. Na ja, er war schon sehr dünn. Sah doch etwas anders aus, ich sag ja, Bilder können täuschen. Aber seine Art gefiel mir auf Anhieb, er hatte so etwas Vorsichtiges, Liebevolles und Ruhiges an sich. Er roch so unbeschreiblich gut. Ich hätte ihn auf der Stelle vernaschen können, aber immer hübsch sittsam bleiben. Das fiel mir schon sehr schwer. Endlich kam nach langem Smalltalk die erste körperliche Berührung. Ich wusste gar nicht, wie mir geschah, hatte ich doch schon so lange keinen Sex mehr gehabt. Wir lagen auf der Couch und befummelten uns. Dabei machte ich die sagenhafte Entdeckung, dass er keine Haare auf der Brust hatte, völlig blank rasiert war, außerdem benutzte er Körperöl. Meine Gedanken gingen natürlich mit mir durch. Benutzt er es etwa auch beim Sex? Gibt es vielleicht eine erotische Massage? Oh, endlich mal weiche Babyhaut streicheln, nie wieder schneeweiße Hühnerhaut. Mein Ex war ja schon weit über sechzig und vermied jeglichen Kontakt mit der Sonne. Da war auch nicht mehr viel mit Körperpflege. Auch die Prostata machte sich langsam bemerkbar. Der letzte Tropfen ging ständig in die Hose und das förderte nicht gerade das sexuelle Verlangen in mir. Sein alter Freund, ein Urologe, war der Meinung, dass alle Männer in dem Alter unangenehm riechen würden. Das sei ganz normal. Resignation auf der ganzen Linie, wie wäre es denn mal mit Wasser und Seife? Aber das ließ mein Ex nicht an seinen Körper, nur PH-neutral, ganz sparsam. Die dosierte Menge nicht größer als eine Haselnuss für den ganzen Körper incl. Haare. Man, war ich begei-

stert, so konnte ich sparen und immer die schönsten Sachen für mich kaufen, aber mit den ehelichen Pflichten war es vorbei. Auch dem alljährlichen Aal-Räuchern bei Freunden musste ich aus Übererregbarkeit meines Geruchssinnes fern bleiben. Nun aber wieder zurück in die Gegenwart zu meinem ersten Date. Wir waren bei der Couch stehengeblieben, na ja, liegengeblieben. Er streichelte ständig meine Füße, Gott sei Dank hatte ich sie... noch „restauriert"! Eigentlich wollte ich sie wie immer in die selbstgestrickten Socken meiner Mum stecken. Ich bin mal wieder begeistert von mir. Seine Hände streicheln sanft über meinen Rücken, es ist einfach nur schön. Auch wenn ich es in vollen Zügen genieße, bleibe ich standhaft. Bin doch zur Sittsamkeit erzogen worden, nie das „erste Mal" nachgeben, ha, ha, ha. Langsam höre ich die Vögel zwitschern, es wird schon wieder hell. Ich glaube, ich sollte mal meinen Lidstrich überprüfen. Mein Lippenstift hat auch zwischenzeitlich die Person gewechselt. Mittlerweile wird er wohl schon die Magenwände meins Märchenprinzen passiert und gestrichen haben! Teures Vergnügen, der war von Eve St. Laurent! Ich hätte für heute einen von Rossmann nehmen sollen. Die CD spielt auch schon seit Stunden; ein großes Dankeschön an die Technik! Es begleitete uns Marianne Rosenzwerg, es muss der Horrortrip für meinen Märchenprinzen gewesen sein. Auf seinem Schloss hört er bestimmt nur Rockmusik, er ist nämlich ein halber Rocker. Er fährt Motorrad, dartet und trinkt nur Bier aus der Flasche.

Zügig wurde also mein Lidstrich überprüft. Wie sah ich denn aus? Winnetou wäre neben mir glatt durch die Prüfung gefallen. Viel war nicht mehr zu retten, aber ich hatte ja schließlich noch andere Qualitäten zu bieten. Inzwischen hatte uns mein Prinz auch von der Musik befreit. Ich lehnte in der Tür und konnte mich nicht satt sehen an seinem kleinen Po. Nicht dass man jetzt auf die Idee kommt, er sei nackt. Ich sagte doch, wir haben nur gefummelt. Der kleine Knackarsch steckte in einer Lewis Jeans. Und wieder verglich ich den Flacharsch von meinem Ex mit dieser Wonnekugel. Irgendwie könnte ich sofort in ein Ferrero Roche reinbeißen, woher diese Assoziation wohl kommt!

Eigentlich ist es nicht fair, dass ich ständig solche Vergleiche mit meinem Geschiedenen ziehe. Denn auch ich habe inzwischen den

Berggipfel erreicht, wo die ekelhafte Orangenhaut sich gnadenlos über meinen Körper hermacht. Oft genug stehe ich vor meinem Spiegel und könnte kotzen, wenn ich diese Kraterlandschaft sehe. Das allerschlimmste ist aber, dass ich mich seit Ausbruch des Vulkans beim Sex nicht mehr fallen lassen kann. Natürlich meine ich nicht, dass ich beim Kamasutra solche Verrenkungen mache, das ich aus dem Bett falle. Ich konzentriere mich nur noch darauf, eine einigermaßen gute Figur abzugeben. Deckenbeleuchtungen jeglicher Art habe ich ganz einfach außer Gefecht gesetzt, indem ich alle Birnen herausgeschraubt und auf dem Flohmarkt verkauft habe. Mein Märchenprinz soll doch nicht ins Koma fallen! Deshalb steht jetzt in der hinteren Ecke des Schlafzimmers eine ganz kleine Kerze, die muss genügen. Er kann mich ja schließlich auch ertasten, außerdem kann man mich auch schemenhaft erkennen. Weniger kann auch manchmal mehr sein! Nach diesem Motto lebt es sich nicht schlecht. Ausschlaggebend für diese Aktion war eigentlich mein Speckring. Ich war mit Lotte, eine meiner Freundinnen, in einem Antiquitätencafé. Dort ergatterte ich etwas für meine Küche, was ich schon lange gesucht hatte: eine Krone aus Eisen, an welcher ich meine ganzen Kupferteile drapieren kann. Im achtzehnten Jahrhundert hängte man den Speck zum Trocknen daran auf. Meine Küche sollte also hiermit gekrönt werden. Wir machten uns in großer Freude auf den Heimweg. Mein Prinz wurde schon über Handy von diesem schönen Fund unterrichtet. Als wir zu Hause ankamen, konnte ich es kaum erwarten, mein erworbenes Teil voller Stolz zu präsentieren. Ich hielt es hoch und schrie vor Freude: „Endlich habe ich meinen Speckring gefunden!" Die darauf folgenden Worte meines Märchenprinzen sollten große Auswirkungen auf unser Sexualleben haben. Ich, zitiere wörtlich; „Du hast doch schon einen Speckring. Warum gibst Du denn noch Geld für einen zweiten aus?", und dabei zeigte er mit spitzen Fingern auf meinen Bauch. Obwohl ich im ersten Moment schallend lachen musste, hatte er mich mit dieser Aussage doch sehr verletzt. Ich konnte ja wirklich ein paar Kilos zu viel auf der Waage verzeichnen. Er versuchte wirklich alles, um mich wieder einigermaßen aufzubauen, aber Frauen sind bei diesem Thema sehr empfindsam. Ich setzte im Bett die reinste Akrobatik ein, zog meinen Bauch solange ein, bis wir die Stellung wechselten. Das heißt, ich musste sehr erfinderisch sein, denn länger als zehn Minuten waren natürlich nicht drin. Schließlich wollte ich vor Anstrengung nicht auch noch laut lospupsen. Meine Bauchweghose empfand ich als sehr unerotisch und ließ sie natürlich weg. Außerdem bewegte ich mich auch nicht mehr so schnell wie sonst, mein Busen nahm mir nämlich jeglichen Appetit auf Wackelpudding. Beim Sex schlägt unbarmherzig die Stunde der Wahrheit. Eigentlich war diese Zeit, wenn ich es mir so recht überlege, gar nicht so schlecht. So gab sie mir doch die Gelegenheit, ihn während der Sexualpraktiken zu beobachten. Man, können Männer doof aussehen, wenn sie sich anstrengen, einen Orgasmus zu bekommen. Und wie blöd sie erst aussehen, wenn sie mittendrin sind und laut losschreien. Wie ein Junkie auf Entzug! Den selben Gesichtsausdruck hatte er auch, als seine EC-Karte vom Automaten geschluckt wurde. Die nächsten Male werde ich ihn dabei fotografieren, bis ich genug Bilder zusammen habe, um sie rundherum an meinem Speckring zu drapieren. Ich finde, diese Strafe hat er sich verdient. Mein Märchenprinz hatte natürlich auch einen Namen und den benutzte ich seit dem Tag, an dem ich herausfand, dass er mich belogen und betrogen hatte. Das heißt so ziemlich genau, vom ersten Tag an. Also, sein Name lautet "Ernst-Hinrich„ muss ich da eigentlich noch weiter schreiben?" Ich vermute ganz stark, dass seine Eltern jeden Monat Treue-Punkte für den Erhalt seltener alter Namen bekamen und am Jahresende durften sie sich dann zwischen einer Kaffeemaschine, einem Toaster oder Wasserkocher in zart lila entscheiden.

Schon kurze Zeit nach unserem Kennenlernen zog er bei mir ein. Das heißt, um es ganz korrekt zu formulieren, seine Wohnung in Hamburg wollte er nicht aufgeben, der Kontakt zu Freunden und Bruder lag ihm doch sehr am Herzen. Wenn sein Heimatort Wladiwostok gewesen wäre, dann hätte ich es ja verstanden. Aber so lagen gerade läppische achtzig Kilometer zwischen uns und somit pendelte er, je nach Lust und Laune hin und her. Es kam auch vor, dass ich am Wochenende alleine zu Hause saß, weil er das dringende Bedürfnis hatte, in einer türkischen Kneipe mit Freunden zu darten. Mich nahm er natürlich nie mit. Während unserer ganzen Zeit, über drei Jahre, war ich dreimal bei ihm zu Hause. Und das

höchstens zwei Stunden, um mich für ein Konzert in Hamburg umzuziehen. Die Gegend und sein Umgang hätten bei mir sofort Schüttelfrost und Ausschlag erzeugen müssen, aber irgendwie hatte ich wohl Jalousien vor den Augen. Ernst-Hinrich säuselte mir ständig Liebeserklärungen ins Ohr wie: Ich sei seine große Liebe, welche er „vor" Ablauf von drei Monaten heiraten würde. Seine erste Frau hat er nämlich „nach" drei Monaten geheiratet.
Ich wohnte in einem sehr schönen Haus. Wir hatten ein supertolles und abwechslungsreiches Leben. Meine Freunde und Familie haben ihn alle sehr herzlich aufgenommen. Wir planten unsere Zukunft und ich hatte wirklich das Gefühl, endlich nach so langer Zeit meinen Märchenprinzen gefunden zu haben. Ich war zwar noch verheiratet, man könnte sogar sagen, Klaus und ich hatten ein sehr freundschaftliches Verhältnis, fuhren noch zusammen mit unserem Enkel in den Urlaub, bis zu dem Tag, als er von Ernst-Hinrich erfuhr. Ich arbeitete schon seit zehn Jahren in seinem Betrieb und hatte für unsere Ehe meinen Beruf aufgegeben. Mein Mann lebte nur für sein Geschäft, das war sein Baby, ich kam erst ganz weit hinten.
In den letzten Jahren unserer Ehe fühlte ich mich sehr alleine, keinen Sex, keine Komplimente, absolut nichts, was mich noch spüren ließ, dass ich eine Frau bin. Und dazu noch eine äußerst attraktive. Deshalb beschloss ich für mich, dass es besser sei, auszuziehen. Außerdem hatte ich das Gefühl, dass mein Ex sonst meine lebenslange Allergie bleiben würde. Ich habe meinen Mann nie betrogen, obwohl ich allen Grund hierzu gehabt hätte. Selbst als ich ausgezogen war, habe ich fast jeden Abend für ihn gekocht, er hatte über Jahre Hotel Mama bei mir genossen. Das war wohl so eine Art Ersatz für den Sex, welchen er nicht mehr brauchte. Ich ging davon aus, dass er nach meinem Auszug wohl keinerlei Anrecht mehr auf meine Person geltend machen dürfte. Das sah mein Noch-Ehemann allerdings ein wenig anders. Er kündigte mir sofort. Das bedeutete für mich, tausend Euro weniger im Portemonnaie und obendrauf durfte ich auch noch meine Krankenbeiträge in Höhe von vierhundert Euro selbst zahlen. Das war ein harter Schlag für mich, da mein Märchenprinz arbeitslos war und ich ihn halbwegs mit ernährte. Mein Noch-Ehemann fühlte sich in seiner Eitelkeit schwer

verletzt. Ich hätte mich gerne mal durch seine Hirnwindungen geforstet, um klarer zu sehen. Denn im Moment lautet die Diagnose zweifelsfrei; „Realitätsverlust". Zählt mich zu seinen Domestiken, zeigt mir in keiner Weise, dass er noch etwas für mich empfindet, aber meldet auf der anderen Seite Besitzansprüche an. Komischerweise machte mich das alles nur stärker, ich hatte noch genug Geld in meinem Sparstrumpf. Das beruhigte mich schon ein wenig, und Arbeit würde ich bestimmt auch bald wieder finden. Doch wie heißt es noch so schön: Manchmal kommt alles anders, als man denkt. Ernst-Hinrich gab mir alles, was ich über Jahre vermisst hatte. Ich saugte jedes Kompliment jede Hilfeleistung von ihm auf, wie „Zewa wisch und weg". Wir machten die schönsten Urlaube, Sylt und vieles mehr. Wir planten in das Nachbarhaus zu ziehen, es wurde frei und war etwas größer. Ernst-Hinrich hatte mir nämlich ein paar Tage vorher ganz feierlich mitgeteilt, dass er seine Wohnung gekündigt hat und mit mir zusammen ziehen möchte. Außerdem würde die Arge ihm den Lkw-Führerschein bezahlen, damit er in Dänemark bei einer Spedition anfangen könne. Er sei so glücklich, endlich hätte er wieder eine Perspektive. Ich hatte das Gefühl, mein Leben würde jetzt erst richtig anfangen. Meine Gefühle waren so unendlich tief und ehrlich, ich verwöhnte ihn, wo ich nur konnte. Dann kam der Brief von Klaus, er wolle die Scheidung, er würde mich noch über alles lieben, das sei ihm erst jetzt so richtig bewusst geworden. Er hätte Fehler über Fehler gemacht, die nie mehr gutzumachen seien, aber er hätte daraus gelernt. Es täte ihm unsagbar leid, dass er mich so behandelt hat, aber er hätte vor lauter Arbeit und seinen vielen Hobbys völlig vergessen, an meine Bedürfnisse zu denken. Nun sei es ja bestimmt dafür zu spät, deshalb möchte er jetzt klare Kante und die Scheidung. Ich möge es mit Ernst-Hinrich doch noch einmal überdenken. Sein größter Wunsch wäre es, nach der Scheidung noch einmal ganz von vorne anzufangen. So, als hätten wir uns gerade erst kennengelernt. Mir kullerten die Tränen übers Gesicht. Warum jetzt, warum musste erst so etwas geschehen! Mein Märchenprinz fand es gut, so sei ich doch endlich frei für ihn. Also wurde ich drei Monate später geschieden. Es ging alles super schnell über die Bühne. Ich verzichtete auf alles. Selbst auf unsere große Eigentumswohnung direkt an der Ostsee. Die Scheidung kostete ein Vermögen. Obwohl ich glücklich zu sein glaubte, ging diese Trennung nicht spurlos an mir vorüber, denn ich hatte meinen Mann einmal sehr geliebt.

Ich versuchte mich auf meine neue Zukunft zu konzentrieren. Wir hatten unseren Umzugstag erreicht und steckten mitten im Stress. Morgen, an meinem Geburtstag wollten wir so ziemlich fertig sein. Aber die einzige, die fertig war, sollte ich sein. Denn pünktlich bei Schlüsselübergabe und getaner Arbeit eröffnete mir mein Märchenprinz, dass er nicht mehr mit mir zusammenziehen könne. Er verspüre so einen Druck in sich, ihm würde die Luft zum Atmen fehlen. Er hätte Panik und es sei besser, wenn er heute noch nach Hause fahren und seine Kündigung rückgängig machen würde. Das hätte aber nichts mit mir zu tun, er liebe mich über alles, könne nur nicht diese endgültige Nähe des Zusammenziehens ertragen. Das sei wohl noch eine Auswirkung aus seiner gescheiterten Ehe, da habe er sich absolut unterordnen müssen. Unter Tränen sicherte er mir zu, mich nicht verlieren zu wollen. Als die Haustür ins Schloss fiel, überkam mich eine unbändige Wut. Wie sollte ich das alles bezahlen, wozu brauchte ich dieses große Haus? Was hat der Umbau gekostet? Es war bereits das dritte Mal, dass er mich derart enttäuscht hatte. Zweimal standen wir kurz vor dem Kaufabschluss eines Hauses, weil er ja Option auf Arbeit in einer Spedition gehabt und wir zusammenziehen wollten.

Ich ging ins Gästezimmer wo Ernst-Hinrichs Sachen untergebracht waren. Hat er alles mitgenommen, war sein Auszug schon länger geplant? Nein, einige Sachen hingen da noch. Ich nahm seine Lederjacke aus dem Schrank, warum weiß ich auch nicht, aber eine innere Stimme sagte mir, tue es, durchsuche seine Taschen. Ich krempelte alle Taschen von innen nach außen und wurde fündig. Zwei Handys mit Prepaid-Karte, Zahnstocher, Präservative, Mundspray und Feuchttücher. Ein kleiner weißer Zettel versuchte sich noch ganz schnell im kaputten Innenfutter zu verstecken, aber ich war schneller: drei Namen, Jaqueline, Marie-Chantal und Michelle, wie sie nicht passender zu einem bestimmten Zeitvertreib heißen können, mit Telefonnummern!

Zweifelsfrei die perfekte Ausstattung eines Heiratsschwindlers! Ich fühlte mich erbärmlich hintergangen. Alles in mir wollte sterben.

Jetzt brauche ich die Arme meiner Tochter, meiner besten Freundin. Sie war in fünf Minuten zur Stelle. „Komme bitte nicht mit den Sätzen, dass habe ich gleich gewusst, oder ich habe Dich gewarnt! Das kann ich jetzt überhaupt nicht vertragen!" „Nein Mama, ich will ganz was anderes, wo ist dein Laptop?" „Auf dem Tisch im Wohnzimmer", erwiderte ich. Wir setzten uns auf die Terrasse und nahmen uns den Verlauf in meinem Laptop vor, obwohl ich ohne Hoffnung war, etwas zu finden, aber meine Kleine wurde fündig. (Wie sie es geschafft hat, weiß ich bis heute nicht.) Wir waren auf einmal auf seiner Internetseite im Posteingang. Ich zitterte, als würde ich nackt in der Antarktis sitzen. Blink, ein Singleclub oder wie man es auch immer nennen mag, öffnete sich nach dem anderen. Die Bandbreite der Blondinen und Schwarzhaarigen war schon enorm. Es war alles vertreten. Mir blieb fast das Herz stehen, es tat so entsetzlich weh! Was hatte ich denn bloß für ein Monster kennengelernt! Zwei Seelen in einer Brust. Alles lag uns offen; sämtliche Korrespondenz, die er auf dieser Plattform geführt hatte. Es waren mindestens zwanzig Frauen gewesen, mit denen er gechattet hatte. Was mich jedoch am meisten verletzte, war die Tatsache, dass alle Frauen, durch die Bank weg dick, unästhetisch und billig aussahen. Mit deren Fotos könnte ich mindestens zehn Speckringe bestücken. Ein Foto tat es mir besonders an; Eine „Dame" räkelte gemütlich ihre ca. hundertdreißig Kilo auf einem Bett, welches ich nicht mal als Kuschelwiese etwaiger Schweine zwecks Besamung zur Verfügung gestellt hätte. So dermaßen dreckig und verlottert! Eine andere präsentierte sich im Stringtanga, der Bauch hing jedoch soweit darüber, dass man den String nicht mal mehr sehen konnte. Nur zwei Schleifen versuchten ihrer Atemnot durch einen Fluchtversuch zu entkommen. Sie kräuselten sich halboffen an den Krampfadern entlang. Mein Blick wanderte nach oben. Ich war gespannt, welch ein Kopf zu diesem Astralkörper gehörte. Oh, mein Gott, was hatte Poly-Color hier wieder angerichtet! Ich blickte auf ein gelblich schimmerndes „Etwas", es sah aus, als hätte man Wattebüsche in Urin getränkt und dann zu heiß trocken geföhnt. Das Gesicht passte irgendwie farblich ganz und gar nicht zum Körper, es war dunkelbraun, eher dunkelrot verbrannt, der Leib weiß wie Hühnerhaut. Wir klickten uns durch sämtlichen Schriftverkehr. Es war ekelhaft, wie er sich anbot. Nur Lügen, nichts als Lügen. Er sei treu, das sei die Grundvoraussetzung einer jeden Beziehung! Nach einer großen Enttäuschung suche er schon lange nach seiner Traumfrau. Wenn er abends vom Dienst käme, sei er immer todunglücklich, weil ihn niemand an der Tür empfänge, er würde so gerne mal wieder Zärtlichkeiten austauschen. Die Wochenenden seien am schlimmsten, dann würde er sich auf seine Harley setzen und Richtung Ostseeküste fahren. Im Hinterkopf immer von der Hoffnung begleitet, dieses bald zu zweit genießen zu können. Er hätte alles, was sich eine Frau nur wünschen könne, auch sei er ein zärtlicher Liebhaber, nur sie würde fehlen! Ich las nicht mehr weiter, mir war speiübel. Das Mieseste; Er hatte sich überhaupt nicht aus diesen Foren abgemeldet, hat nach unserem Kennenlernen fleißig weitergemacht, obwohl er jedem auf dieser Plattform mitgeteilt hat, er hätte hier seine Märchenprinzessin gefunden und würde sie nie mehr loslassen, er sei der glücklichste Mensch auf dieser Welt usw. Und würde sich hiermit von der Frauenwelt verabschieden in der Hoffnung, sie würden auch bald ihren Märchenprinzen finden. Er würde schon bald mit „ihr" in sein Märchenschloss ziehen. Das einzige, was er getan hat, war sein Pseudonym zu ändern! Soviel Dreistigkeit, auch noch meinen Laptop für diese Schweinerein zu benutzen, war das allerletzte; ich war fassungslos. „Mama, wozu gibt es denn ein Auto? Wir fahren mal nach Hamburg und schauen uns von nahem an, was der Herr so treibt!" Gesagt, getan. Meine Beziehungsalarmanlage schien wohl zumindest auf Sparflamme noch zu funktionieren. Aber als wir in dem Mietkasernenviertel seiner Heimat ankamen, sahen wir schon von weitem sein Auto vor der Tür stehen, sehr komisch. Ich fasste auf die Motorhaube; alles kalt. Der Wagen ist in der letzten Stunde nicht bewegt worden. Meine Tochter und ich gingen Richtung Haustür, ich zitterte am ganzen Körper. Was mich hier wohl noch erwartet! Wir klingelten, es wurde nicht geöffnet. Als eine Dame vom Parkplatz kam und aufschloss, schlüpften wir mit herein. Der Aufzug, (den ich widerwillig wegen Klaustrophobie) betrat, brachte uns in den fünften Stock. Wir gingen über den Laubengang und klingelten erneut an seiner Haustür. Mich ließ das Gefühl nicht los, dass er drinnen war. Ich meinte sogar, das Nuscheln zweier Stimmen gehört zuhaben.

Meine Tochter bestätigte es. Ich donnerte mit aller Kraft gegen die Tür, aber es passierte nichts. Plötzlich öffnete der Nachbar und fragte uns, ob alles in Ordnung sei, ob er helfen könne! Ich fragte ihn, ob er Ernst-Hinrich heute schon gesehen hätte. "Wen soll ich gesehen haben?", fragte er trotz fehlender Vorderzähne erstaunlich deutlich und das ganz ohne Zahnverlustakzent. Hierfür hätte er glatt 'ne Eintragung ins Guinessbuch verdient! Ich wiederholte mich, „Ernst-Hinrich" „ach, du meinst, Dart-Zyklop, ja, der sei gestern Abend mit einer geilen Biene nach Hause gekommen und man hätte eben noch Geräusche aus der Wohnung vernommen, wenn du verstehst, was ich meine!" Dabei griente er in seinen ungepflegten Bart. Danach verließ ich fluchtartig das Ghetto der Sozialschmarotzer und der Niedertracht. Das Leben läuft hier wohl frei nach dem Motto, „früher habe ich mich vor der Arbeit gedrückt- heute könnte ich stundenlang zusehen!" Da ich ganz sicher den Fahrstuhl nicht noch einmal betreten wollte, liefen wir die fünf Stockwerke zu Fuß hinunter. Wir begegneten auf jeder Etage mehreren weiblichen Gestalten mit Fratzenkleister zugeklebten Gesichtern, die mit brennenden Zigaretten und Kaffeepott in der Hand versuchten, sich zu unterhalten. Es hörte sich aber eher wie auf einem türkischen Basar an. Der Geruch aus den Wohnungen erinnerte mich an früher, als Oma Waschtag und Opas Unterhosen im Kessel gekocht hatte. Einige Kinder liefen kreischend durch das Treppenhaus. Komisch, irgendwie sahen die alle gleich aus. Naja, kann doch durchaus sein, dass der Herr Maier aus dem zehnten Stock, 'ne Affäre mit der Müller aus dem fünften Stock hatte, dann aber weiter zu der Schulze in den dritten Stock gezogen ist. Irgendwann wird er dann wohl im Erdgeschoss angekommen sein. Vielleicht ist er aber auch wieder, nachdem er sich vermehrt hatte, zurück in den zehnten gegangen, weil er gemerkt hat, was er an seiner Frau hat. Wir stiegen ins Auto und wollten Richtung Heimat fahren, als mir die türkische Dartkneipe einfiel, von der Ernst-Hinrich immer wie sein zweites Zuhause gesprochen hatte. Vielleicht konnte man dort noch mehr Informationen über sein Leben hier erhalten. Wenn schon, dann will ich alles erfahren. Wir fanden sie sehr schnell, schon beim Eintreten wurden wir von den unterschiedlichsten Fratzen taxiert, dass uns das Blut gefror. So viel

Zahnlosigkeit auf einen Haufen habe ich noch nie gesehen. Die meisten bevorzugten bei ihrer Kleidung die Marke „Sammelbox Rotes Kreuz", die Luft war geschwängert vom Rauch und den Ausdunstungen der alkoholisierten Menschen. Einige hatten wohl vor kurzen „ein Fax aus Darmstadt" versendet. Aftershave ersetzt halt kein Klopapier und das Plagiat einer Rolex kann auch nicht dazu beitragen, die Zahnlosenliga aufzuwerten. In der Mitte des Raumes befand sich ein überdimensional großen Beamer, auf dem halbnackte Mädchen tanzten, und das bereits zur Mittagszeit. An den Gesichtern der Männer war deutlich zu erkennen, dass sie sich hier wohler fühlten als zu Hause. Hier würde der Spruch passen: „jahrelang waren meine Frau und ich die glücklichsten Menschen, dann haben wir uns kennengelernt". Meine Tochter Mia und ich waren gerade auf der Flucht vor unserem Schiff namens Gefühle, was im Moment steuerlos durch den Sturm fuhr, als ein kleiner schmächtiger Mann hinterm Tresen hervortrat und auf uns zukam. Er stellte sich als Besitzer vor. Als ich mich dann zu erkennen gab, küsste er mir fast die Füße. Gut, dass ich Schnürstiefel anhatte. Ehe wir uns versahen, standen zwei dampfende Tassen Kaffee vor unserer Nase und es dauerte nicht lange, da waren wir bereits in ein interessantes Gespräch verwickelt. Burak, so sein Name, teilte uns mit, dass Dart-Zyklop, alias Ernst-Hinrich schon die ganze Woche jeden Abend gedartet und wohl Urlaub hat. Er sei sich aber nicht sicher; es könne auch durchaus sein, dass ihm wieder gekündigt wurde. Sein letzter Job sei bei einer großen Versicherungsgesellschaft gewesen, da hat er ein paar Abschlüsse getätigt und kassiert, dann wie immer gekündigt. Als Grund gab er Darmkrebs an, damit sie ihm auf Kulanz nicht alles wieder zurückfordern. Da er ja sehr dünn ist und ein begnadeter Schauspieler zu sein scheint, nahmen sie ihm dieses Lügenmärchen ab. Burak hat im Prinzip alles bestätigt, was wir ohnehin schon geahnt hatten; Lebt seit Jahren auf Kosten der Steuerzahler, arbeitet mal für ein paar Wochen, kündigt oder lässt sich kündigen, schreibt hier nur an und nimmt jeden Abend ein anderes Frauenzimmer mit nach Hause. Sein Bruder sei auch nicht besser, das liegt wohl in der Familie. Die fegen beide mit zwölf Windstärken durch die Betten ihrer zweifelhaften Schlampen. Als er noch den Truck fuhr, prahlte er hier mit den übelsten Geschichten, was er auf seiner Tour alles erlebt hätte. Burak dachte, wir wären gar nicht mehr zusammen, er sei angenehm überrascht von mir, er könne es nicht verstehen, dass Ernst-Hinrich dieses Leben hier vor dem mit mir in einem kleinen Bauernhaus am Wasser vorgezogen hat. Er sei der festen Überzeugung gewesen, dass Ernst-Hinrich endlich mal die große Liebe bei mir gefunden hätte. Aber für mich sei es besser, wie es gekommen ist. Deshalb könne er es auch vertreten, mir die Wahrheit zu sagen. Wir unterhielten uns noch sehr nett und wollten gerade aufbrechen, als die Tür aufging und mein „Märchenprinz" im Rahmen stand. Ich weiß nicht, wer überraschter von uns beiden war, er oder ich! Auf alle Fälle fing mein Sprachzentrum zuerst wieder an, sich zu melden. Ich fragte ihn, ob er zaubern könne, oder ob er sich von Dänemark hierher gebeamt habe. Wir waren gerade in Hamburg und wollten eigentlich weiter Richtung Heimat fahren, dann dachte ich mir, es könne ja nicht schaden, Mia mal zu zeigen, wie du, mein Märchenprinz wohnst. Wir sahen dein Auto und waren etwas verwirrt, denn der sollte ja eigentlich in Dänemark auf dem Hof der Spedition stehen. Also klingelten wir etwas verunsichert an deiner Tür, aber es wurde uns nicht geöffnet. Dann hatten wir ein interessantes Gespräch mit deinem Nachbarn, worauf wir es als wichtig ansahen, mal deine Dartkneipe zu inspizieren. Jetzt bin ich gespannt auf deine Antwort!! Die kam dann auch; in Form einer verbalen Wurzelbehandlung. Er wurde sehr verletzend. Wir würden ihm hinterher spionieren, er hätte nichts zu verbergen, alles sei in Ordnung, er wolle nur mal seine Ruhe haben und hier bei Burak Fußball sehen nach dieser harten Woche auf dem Truck. Morgen wäre er dann schon zu mir gekommen. Alles könne Burak bestätigen, denn er hätte vorhin noch aus Dänemark mit ihm telefoniert. Er log und log und log. Bestätigt wurde natürlich nichts, es wurde nur noch peinlicher. Als ich ihn so vor mir stehen sah und mich an viele Dinge, die jetzt erst einen Sinn für mich ergaben dachte, wurde mir speiübel und ich stellte mir die Frage: „Was fand ich eigentlich an so einem langen, dürren Kerl, der mit einer Heftigkeit und Lautstärke furzen konnte, dass ich Angst hatte, wenn wir auf der Couch lagen, von dem Druck an das andere Ende geschleudert zu werden." Außerdem ist mir heute klar geworden, wer sich in sol-

chen Etablissements rumtreibt und so dermaßen lügt, betrügt und vernichtet, musste auch damals auf meinen Witz hereinfallen. Ich riet ihm, ein Kondom vor Gebrauch mehrfach anzustechen, damit es nicht platzt, er hat es beherzigt. Heute weiß ich, dass sein Gehirn nicht größer als eine Erbse ist. Hätte er nur eine Gehirnzelle weniger, wäre er ein Huhn und dürfte auf die Straße scheißen.
Ich wollte nur noch nach Hause. Zum Abschied fragte ich ihn: „Ist es eigentlich sehr schwer, du zu sein?"
Außerdem erteilte ich ihm ab sofort „Hausverbot" in meinem Kopf!

Ich möchte es Ihnen ersparen zu schildern, wie es mir die nächsten Wochen ging. So etwas darf nur einmal im Leben passieren!
Ich habe alles verloren; meine Arbeit, mein ganzes Erspartes (im Wert eines kleinen Häuschens),
Freundschaften und jegliches Vertrauen in die Menschen.
Ich war ganz weit unten, finanziell und psychisch, aber heute bereue ich nichts in meinem Leben, auch nicht die Enttäuschungen und Verletzungen der Vergangenheit. Ich schaue zurück und lächle.
Diese Zeit musste ich mitmachen, um heute dazustehen, wo ich jetzt bin, weil erst „sie" mich zu dem Menschen gemacht hat, der ich heute bin.
Mittlerweile bin ich wieder mit meinem Ex-Mann verheiratet, und es ist schöner als es je war.

Fast jede Frau wäre gerne treu!
Schwierig ist es nur, den Mann zu finden,
dem man treu sein kann

*Fürchte nicht den Feind,
der dich angreift.*

*Fürchte den falschen Freund,
der dich umarmt.*

Auch Stützstrümpfe & Woll-Leibchen können Männer reizen......

Seit Tagen bereite ich mich schon mental auf mein erstes Date nach fünfjähriger „Einzelhaft" im Schlafzimmer meiner Dreiraumwohnung vor. Ich hatte mich vor kurzen in einer Singlebörse unter der Rubrik „Suche ab 60" eingeloggt. Meine beste Freundin war der Meinung, es sei jetzt endlich an der Zeit, einen netten gebildeten Mann kennenzulernen. Ich war mir allerdings noch gar nicht so sicher, ob ich es nach meiner so riesigen Enttäuschung überhaupt schon wieder will! Doch Sophia duldete keinen Widerspruch und öffnete meinen Laptop. „Los Rosi schreib endlich, dich muss man aber auch zum Glück zwingen. Wenn du dement bist, nimmt dich sowieso keiner mehr, also, die Zeit läuft!" Bin eine jung gebliebene Sechzigerin, die noch sportlich und geistig auf der Höhe ist und suche hier den Fels in meiner Brandung. Interessiere mich für Kunst, male und lese sehr gerne. Ernähre mich gesund und bin von hohem Blutdruck, Altersdiabetes und hohen Cholesterinwerten weit entfernt. Selbst die Probe Inkontinenzeinlagen, die mein Apotheker mir sehr diskret über den Ladentisch schob, musste ich zweckentfremden. Da ich noch „dicht" bin, benutze ich sie jetzt zum Silber putzen und das geht wunderbar. Ich könnte auch sagen, ich bin im Moment noch wartungsfrei. Würde mich über viele E-Mails freuen und kann es kaum erwarten, bis mein Herz wieder Salsa tanzt. Und jetzt tanzt es wieder Salsa, seit Norbert mich angeschrieben hat. Alle anderen E-Mails wurden von Sophia nicht für gut befunden und somit gelöscht. Wir schrieben uns sehr stilvoll, aber telefonieren mochten wir beide nicht, die Stimmen wollten wir uns als Überraschung aufbewahren. Norbert arbeitete als Steuerprüfer, seine Hobbys sind Fliegenfischen und Schmetterlinge sammeln. Für mich schon gewöhnungsbedürftig, aber Sophia war sich sicher, hinter solchen Hobbys könne nur eine ehrliche Haut stecken. Da ahnte ich ja noch nicht, wie wörtlich ich diesen Satz einmal nehmen würde. Morgen findet unser erstes Treffen statt. Mein halber Kleiderschrank war ausgeräumt, als ich zu der Überzeugung kam, dass ich in Jeans, weißer Bluse und Stiefel immer noch für so einen Anlass perfekt aussehe. Der Tag X ist da, meine Haare sind zum Pferdeschwanz gebunden und ich bin dezent geschminkt, sehe zehn Jahre jünger aus (Worte meiner Freunde), schwinge mich auf mein Fahrrad und brause los. Unser Treffpunkt ist ein nettes kleines Fischlokal, wo man schön draußen am Wasser sitzen kann. Mein Erkennungsmerkmal ist eine rote Tasche. Seines ein blau-gelb karierter Schal. Und den sehe ich schon von weitem. Oh Gott, mir schlottern die Knie. Ich werde nicht bis vor die Tür fahren, denn das Absteigen könnte etwas peinlich werden. So, geschafft! Das Rad versteckt hinterm Rosenbusch, stolziere ich so gut es geht über das Kopfsteinpflaster in Richtung „Norbert".„Hallo, ich bin die Rosi!" Er stand auf und starrte mich ganz eigenartig an, bevor er mir wie in Trance die Hand reichte. Als wir dann Gott sei Dank saßen, eröffnete er das Gespräch mit folgendem Satz: „Du hattest doch geschrieben, du seiest schon sechzig?" „Ja", erwiderte ich vorsichtig, „bin ich auch." „Aber du siehst so unheimlich jugendlich aus!" „Was hast du denn erwartet", fragte ich ihn, „dass ich hier in Stützstrümpfen und Gesundheitsschuhen erscheine?" „Nein", antwortete Norbert ziemlich kleinlaut, „aber eine Frau deines Alters entsprechend!" „Was heißt das denn?" erwiderte ich schon sehr gereizt. „Na ja", meinte Norbert, „mit sechzig trägt man ja wohl keine Westernstiefel und durchsichtige Blusen mehr.... auch der lange Pferdeschwanz. Kommst du mit dem älter werden nicht klar?" Gott sei Dank erschien in dem Moment die Kellnerin. So konnte ich mich gezielt auf die passende Antwort vorbereiten. In der Zwischenzeit hatte ich auch Gelegenheit, „Ihn" aus der Nähe zu betrachten. Schütteres Haar, mit Flott oder Brisk aus der Tube (bestimmt kein Gel) durch einen korrekt gestrichenen Scheitel nach rechts gekämmt. Beige Windjacke, hellblaues Polyesterhemd. Um seinen Hals baumelt das gestärkte karierte Tuch. Entweder waren es vier Herrentaschentücher liebevoll von Mami zu einem Schal zusammengenäht, -oder ein ausrangiertes Geschirrhandtuch. Weiter wandert mein Blick die Hosenbeine entlang zu den beigen Sandalen, in denen prall mit Wasseransammlungen gefüllte Füße in weißen Socken stecken. Ach, die Fahrradklammer am linken Hosenbein hätte ich fast vergessen. Die dicken Füße wirkten wie eine Bedrohung auf mich. Ich hatte das Gefühl, die würden jeden Moment platzen. Hoffentlich hat die Fahrradklammer keine scharfe Kante. Der Blick wandert wieder nach oben. Die Kellnerin hatte inzwischen die „aufregende" Bestellung von Norbert aufgenommen: einen Kamillentee mit bis auf achtzig Grad abgekühltem Wasser zubereitet. Mich lächelt sie ganz mitleidig an, als ich mir demonstrativ ein großes Weizenbier bestelle. Norbert steckte im Moment mit seinem Kopf in einem beigen Leinenbeutel, der an der Stuhllehne hing und zauberte nach einigen Minuten zwei Dinkelkekse ordentlich in Pergamentpapier eingepackt hervor. Ganz liebevoll teilte er mir mit, dass Mami sie gebacken hat. Sie wüsste nämlich genau, was ihm gut täte, da er sehr unter Magen- und Darmstörungen leide. Könnte man jetzt „genervt sein" in Geld umwandeln, würde ich ab sofort in Rente gehen. Dieser Mensch braucht keine Pflege von Mami, der braucht meiner Meinung nach den Katastrophenschutz. Auch mit viel Humor und meiner bestens ausgestatteten Phantasie konnte ich beim besten Willen keine männlichen Reize an Norbert entdecken und unter seiner beigen Hose dankte ihm die Schiesser-Feinripp bestimmt seit Jahren für die ewigliche Treue. Unter der Rubrik Erotik war in diesem Bereich bestimmt absolute Windstille. Ich glaube, der Kapitän wird nur an Deck geholt, wenn er mal schiffen muss. Das, hat Mami ja alles sehr gut hinbekommen. „Wo waren wir stehengeblieben, liebe Rosi" unterbrach Norbert meinen niederschmetternden Gedankengang. „Du warst enttäuscht, dass ich hier nicht in altersgerechter Kleidung erschienen bin! Aber kannst du mir bitte mal erklären, wann denn das bestimmte Alter für dich beginnen sollte?" „Na ja, Mami ist schon mit fünfundvierzig nicht mehr so rumgelaufen, man muss ja nicht unbedingt den Allerwertesten so intensiv sehen wie bei dir in der engen Jeans, und die leichte Bluse könnte ja auch in eine nette Wolljacke umgetauscht werden. Kurzes Haar mit kleinen Löckchen, wie Mami es trägt, würde dich bestimmt sehr gut kleiden!" Ich holte tief Luft und sprudelte los: „Pass mal auf, lieber Norbert, wegen dir werde ich mit Sicherheit keine Butterfahrten machen, um Mami das geliebte Parfüm mitzubringen, auch werde ich mich für dich nicht wie 'ne Avonberaterin in der Ausbildung anziehen! Ich fühle mich noch jung und attraktiv genug, um mich so zu kleiden. Dazu gehört auch der kurze Jeansrock und das kurze enganliegende Schwarze für den Abend. Zu Hause laufe ich generell nackend rum, weil meine Mami nicht mehr mit mir zusammen wohnt und ich Spaß an der Freikörperkultur habe. Außerdem trinke ich sehr gerne mein Glas Wein, Bier und auch mal einen Schnaps. Ich höre Jimmy Hendrix, Mick Jagger und tanze auch mal verrückt dazu. Mit meinen Freunden albere ich unheimlich gerne herum. Und stell dir vor, ich habe sogar noch Sex und das mindestens einmal in der Woche mit wechselnden Partnern. Ich werde mich nie an irgendwelche Konventionen halten, sondern meine Individualität behalten und mein Leben genießen, und das, stell dir vor, mein lieber Norbert, ganz ohne dich.

Ich möchte dir noch einen kleinen Tipp mitgeben, da ich vermute, dass deine Mutter sich schon in deiner Kindheit als kleiner fieser Virus in dein Hirn implantiert hat und jetzt leider zur chronischen Krankheit ausgeweitet ist, solltest Du vielleicht „deine Mami" in einer Partnervermittlung anmelden." Und beten, dass schon bald ein „George Clooney" auftaucht, damit für dich endlich mal der Befreiungsschlag beginnt."

Höflichkeit ist wie ein Luftkissen:
Es mag wohl nichts drin sein,
aber sie mildert die Stöße des Lebens.

Arthur Schoppenhauer

Der nasse Wahnsinn

Meine Tochter Charlott und ich ließen es uns bei einem Espresso und warmem Apfelstrudel mit jeder Menge verschiedener Nüsse, Eis und Sahne in unserem Lieblingseiscafé so richtig gut gehen. Es liegt im zweiten Stock eines gläsernen Einkaufszentrums, alles sehr offen gestaltet. Das ist meiner Höhenangst nicht ganz so zuträglich. Deshalb gibt es ständig Diskussionen zwischen meiner Tochter und mir, wenn ich mich hier weigere, Rolltreppe zu fahren, oder nicht an der Brüstung sitzen kann. Die Fahrstühle sind auch gestrichen wegen Klaustrophobie. Das heißt, alles per pedes. Ich finde es nicht schlimm und habe mich damit arrangiert. Ist ja auch sehr gesund. Aber für Charlott ist diese Thematik ständig unser Begleiter. „Versuche es doch einfach mal, ich kann es überhaupt nicht verstehen, du schränkst dich in deiner Freiheit total ein, geh bloß mal zum Psychologen und mach' eine Verhaltenstherapie. Das kann ich gar nicht mehr mit ansehen! Meinst du nicht, dass deine Freunde auch darunter leiden, wenn du ständig nach Treppenhäusern suchen musst und nicht mal alleine mit deinem Auto durch die Waschstrasse fahren kannst? Mensch, Mutsch, tue endlich mal was dagegen!" „Okay! erwiderte ich, „lass uns nachher mit dem Fahrstuhl fahren, aber vorher trinke ich einen doppelten Cognac, der beruhigt und erweitert ja bekanntlich die Gefäße, damit ich keine Herzattacke bekomme." „Super Mutsch, Du schaffst das!" Wie es in mir aussah, möchte ich lieber nicht beschreiben, in etwa so: „Weder lebe ich noch bin ich tot!" Mit einem einzigen gierigen Zug leerte ich den vor mir stehenden Cognac. Dabei fühlte ich mich wie die beste Säuferin Deutschlands. So, entschied ich, jetzt oder nie! Wir bezahlten und gingen Richtung Fahrstuhl, vorbei an verschiedenen Arztpraxen. Das beruhigte mich ein wenig. Sollte was passieren, sind die ja schnell zur Stelle. Ich muss gestehen, bei den Gedanken fand ich mich schon ziemlich crazy im Kopf. Charlott lief los und schrie, „Los, lauf zu, der Fahrstuhl ist schon da, die warten nicht auf uns!" Ehe ich mich versah, befand ich mich schon eingeklemmt zwischen einer Horde von übel riechenden Leuten. Es war Sommer, 28 Grad, und der große Fahrstuhl bewegte sich langsam nach unten. Ich hatte die ganze Zeit über meine Augen geschlossen und bildete mir ein, in Andalusien am Strand zu liegen. Erster Stock! Die Tür geht höhnisch langsam auf, so als ob sie mich ärgern will, und ich schieße durch die Menge nach draußen, als entfliehe ich der Irrenanstalt. Bis zum zweiten wäre ich erstickt. Die strengen Augen meiner Aufseherin Charlott ließen nichts Gutes erwarten. Wahrscheinlich straft sie mich mit dem Entzug des „Freiganges am Wochenende". Jetzt übernahm sie wieder das Kommando. „Also Mutsch, wie war es, ging doch ganz gut, nur deine Flucht sah ein wenig komisch aus." Dabei lachte sie doch tatsächlich laut los. Plötzlich erreichte mich so ein kleines wohliges Glücksgefühl, immerhin habe ich eine Talfahrt von ca. sechs Metern in der Mauer in einem Kasten ziemlich eingeengt unter hochexplosiven Gerüchen und starker Atemnot ohne große Panikattacke überstanden. Charlott nahm mich sofort in den Arm und sagte voller Freude: „Mutsch, ich bin stolz auf dich, dass du es überhaupt gewagt hast. Und jetzt kann es in kleinen Schritten weitergehen." Wir shoppten dann noch eine Weile mit extrem guter Laune, denn ich befand mich in Hochstimmung.

Auf dem Heimweg fiel Charlott ein, dass wir das Auto noch waschen wollten, und fuhr auch schon auf die große Shell-Tankstelle. Wir stiegen beide aus, um das Auto noch auszusaugen. In meiner Hochstimmung bot ich mich an, einen Chip zu holen, um in die Waschstraße zu fahren. Charlott erinnerte, „Aber bitte Cabriowäsche, Mutsch, damit das Verdeck nicht beschädigt wird." „Ist schon klar", erwiderte ich und lief los. Mir ging es so unerhört gut, dass ich ständig daran dachte, meine Tochter zu überraschen, indem ich alleine durch die Waschstraße fahre. Sie hat ja recht, was soll mir schon passieren. Ich bin nicht im dunkeln und mein Auto ist für mich wie ein Stück Heimat zum hineinkuscheln. Außerdem bin ich früher ständig durch Waschanlagen gefahren, als die Klaustrophobie sich noch nicht in meinem Gehirn gemütlich eingerichtet hatte. Der Bedienungsablauf ist mir wohl bekannt. Freudestrahlend kam ich mit dem Chip zurück und gab ihn nicht aus der Hand. Wir stellten uns an, es war noch ein Auto vor uns dran. Jetzt machte sich doch so ein komisches mulmiges Gefühl in mir breit. Charlott drängelte, sie müsse dringend auf die Toilette, ihr seien wohl das

Eis und der Espresso nicht bekommen. Sie meinte noch, sie sei rechtzeitig zurück, dann lief sie auch schon davon. Ich setzte mich hinter den Fahrersitz und genoss noch ein wenig die heiße Sonne. So, der Vordermann ist fertig, aber Charlott ist noch nicht da. Hinter mir ging schon das Hupkonzert los. Mir wurde meine Entscheidung vom Schicksal abgenommen und ich nahm die Herausforderung an: ab ins kalte Wasser und das im wahrsten Sinne des Wortes. Ich fuhr rein und stieg aus, um das Ticket in den Automaten zu stecken, lief schnell zurück und klemmte mich nun doch mit zitternden Knien hinter mein Lenkrad. Das Hupkonzert hörte aber nicht auf, es nahm langsam überhand. Ist hier irgendwo ne' Hochzeitsgesellschaft, die sich in der Waschstraße verstecken will? Langsam kam meine Hochstimmung zurück und ich drehte das Radio voll auf. Ich lehnte mich genüsslich zurück und blickte in den Himmel, aber er war nicht mehr da, stattdessen das dreckige und vermooste Glasdach der Waschanlage. Verdammte Scheiße, das Verdeck ist noch offen, zu spät, die Geräusche des Wassers kamen schon auf mich zu. Leider ließ sich das Verdeck nur per Hand schließen, ich fuhr nämlich einen supertollen Oldtimer. Ich schaffe das noch, waren meine Worte, war ja nicht umsonst jahrelang Marathon gelaufen. Kaum war ich ausgestiegen, lag ich auch schon auf der Nase. Ich hatte nämlich wegen der entsetzlichen Hitze meine Zehentrennergummilatschen an und da auf dem Boden nur Seifenlauge schwamm, rutschte ich sofort aus. Gerade in dem Moment, indem ich meine Fäkalienoper (Scheiße, Mist...) zum Besten gab, schossen die Wassermassen von allen Seiten auf mich zu. Ich schaffte es gerade noch, mich hochzuziehen, als mit lautem Gedröhne mächtige Walzen mit endlos langen Stofffransen auf mich zukamen. Ich versuchte, am offenen Fenster halt zu bekommen, als eine panische Angst in mir hoch kroch. Sekunden später schlugen sie mich bereits erneut auf den Boden zurück. Ich hatte das Gefühl, von Schlangen umzingelt zu sein. Unmengen an Wasser ergossen sich über meinen Körper. Ich versuchte verzweifelt nach Luft zu schnappen. Irgendwie hatte ich den Türgriff in der Hand und hielt mich daran fest, wie an einem Stück Treibholz. Vergeblich versuchte ich auf die Beine zu kommen, aber keine Chance. Ich bekam Todesangst und komischerweise musste ich aber gleichzeitig laut lachen, als ich dieses jämmerliche Etwas von mir an dem Griff hängen sah. Endlich hörten die Walzen auf und gingen wieder etwas in die Ausgangsposition zurück, als ich durch die Scheiben in jede Menge entsetzter Augen sah. Darunter natürlich auch meine Tochter. Ich hatte sogar noch Zeit, mich zu schämen, bevor das große Gefährt erneut Fahrt in meine Richtung aufnahm, um literweise Seifenlauge auf mich und meinen inzwischen zum Pool mutierten Oldtimer abzuschießen. Verzweifelt versuchte ich die Tür zu öffnen, aber ohne Erfolg. Unter großen Qualen riskierte ich auf die Motorhaube zu klettern, um in den Wagen zu kommen, es muss erbärmlich ausgesehen haben, ich hatte starke Hoffnung, es zu schaffen, aber da erreichten mich die Monsterfransen und die Niagarafälle erneut und droschen unbarmherzig auf mich ein. Mit den Armen hielt ich mich an den Scheibenwischern fest und mit den Beinen ruderte ich wie Wjatscheslaw Ivanow 1956 bei der Olympiade. Leider gab es für meine Leistung nicht mal Bronze. Ich ging über Bord und versuchte nochmals mich hochzuhangeln, um erneut am Türgriff Halt zu finden. Der Druck schleuderte mich aber an der Seite vorbei nach hinten. Ich bekam das Verdeck zu fassen und versuchte mich vor den Wassermassen zu schützen. Es gelang mir auf den Kofferraum zu klettern. Endlich war ich am Ziel und wollte nur noch ins Innere des Wagens, in den privaten Swimmingpool, um mich vor den glotzenden Fratzen draußen, die sicherlich mit ihren Handys filmten, zu verstecken. So ein Ereignis hat ja wohl Seltenheitswert, ich bin mir sicher, nach dieser Performance kann ich nur noch auswandern. Sehe schon das Titelblatt der Regionalzeitung vor mir, „bekannte Hamburger Geschäftsfrau verwandelte ihren Oldtimer in einen Swimmingpool!" Hoffentlich hört dieser Albtraum gleich auf, hoffentlich kommt meine Tochter gleich zu mir, um den Wagen rauszufahren, um so schnell wie möglich zu verschwinden. Aber die widerlichen Fransen machten mir einen Strich durch die Rechnung, sie klatschten mir noch mal ordentlich einen auf den Arsch, dass ich im hohen Bogen seitlich herunterfiel. Ich landete sozusagen in einer großen Wasserlache in der Gosse, mit Öl und Benzin als Badezusatz. Jetzt musste ich aber hier raus, die Walzen standen kurz vor ihrer Beendigung und dann würde das Gebläse den Wagen trocknen. Das würde dann sicherlich das Drehbuch zu einem richtigen Gruselschocker geben. Ich versuchte auf die Beine zu kommen, als die Höllenmaschine plötzlich wie von Geisterhand gestoppt wurde. Automatisch ging die Schiebetür auf und mich erreichten jede Menge Blicke, von Mitleid bis...... „man", wie kann man nur so doof sein, hämisches Grinsen usw. Ich arbeitete mich aus der vermeintlichen Gosse hoch und ging auf ziemlich wackeligen Beinen nach draußen, das weiße Sommerkleid klebte wie 'ne zweite Haut an mir, der Stringtanga hing total verdreht an meinen Oberschenkeln und die Latschen waren wohl mittlerweile im Abwasser gelandet. Meine langen Haare hingen wie Schnittlauchlocken an mir runter und an meinen Händen bildeten sich mittlerweile Schwimmhäute. Wie ein Volksfest auf der Tankstelle hingen die Menschen hier ab. Lediglich die Würstchenbuden fehlten. Überall blitzten Einmalkameras auf, wahrscheinlich noch schnell auf der Tanke erworben. Jugendliche filmten mit ihren Iphones, nur meine Tochter sah ich nicht. Plötzlich ertönte aus der Menschenmenge: „Äh, Lady Gagga, drehst du für den neuen Tatort, oder sind das Aufnahmen für den Playboy, Schlagzeile.... Oldies machen sich auch noch ganz gut auf der Kühlerhaube?" Alles fing an zu lachen. Ich dachte nur... Grölen ist die einfachste und primitivste Waffe der Männer.

Das Wasser lief mir in Sturzbächen vom Körper, ich zitterte entsetzlich vor Kälte und Scham, als meine Tochter mit dem Chef auf mich zu gerannt kamen. Er rief schon von weitem: „Was haben Sie sich denn dabei gedacht? Wenn der Chip im Automaten ist, geht gar nichts mehr, nicht einmal die Tür. Seien sie froh, dass ich abgestellt habe, die Trockenwalzen hätten sie platt gemacht!" Charlott holte das Auto aus der beschissenen Waschanlage und ich stiefelte ihr breitbeinig, wie Garry Cooper in „12 Uhr mittags High Noon" entgegen. Das Volksfest war in vollem Gange, keiner ging zur Ausgangsposition zurück. Überall standen die Autos kreuz und quer, an den Staubsaugern und vor der vermeintlichen Waschstraße, an den Zapfsäulen. Einige saßen sogar auf den Fußmatten, die sie vorher zum Staubsaugen hingelegt hatten. Aus meinem schönen Oldtimer lief das Wasser sturzbachartig aus allen Ritzen auf den Boden. Es hatte sich bereits ein See gebildet. Vielleicht sollte ich die Kinder mal fragen, ob sie hier plantschen möchten. Alle sahen meine Tochter mit einem derart blöden und mitleidsvollen Gesichtsausdruck an, als hätte Gott meine Tochter mit so einer bescheuerten Mutter strafen wollen.

Nach dreißig Minuten wurde ich auf Youtube zum ungekrönten Star ernannt, jetzt litt ich nicht nur unter Klaustrophobie und Höhenangst, sondern auch unter Panikattacken und mangelndem Selbstwertgefühl.

Tja, jetzt weiß ich aber zumindest, wozu eine Autowaschanlage „noch gut sein" kann.

Das Leben ist eine Waschanlage und ich sitze auf einem Fahrrad.
Kai Karsten

Jede Minute, die man lacht, verlängert das Leben um eine Stunde

Chinesisches Sprichwort

Ernie

Moin, ich bin Ernie, der eigenwilligste Jack-Russell Terrier, den man sich nur vorstellen kann. Als das Tierheim mich an einer stark befahrenen Straßenkreuzung auflas, bekam ich den Namen Justin. Aber diesen Namen hatte mein Frauchen in Gedanken schon geändert, bevor sie sich überhaupt entschied, mich zu adoptieren. Eigentlich habe ich eine Riesenportion Glück gehabt, dass mich überhaupt jemand aus dem Tierheim erlöste. Ich hatte bis dahin null Erziehung genossen. Machte meinem Namen „Justin" alle Ehre. Kannte keine Regeln und Grenzen, die wurden nämlich stets von mir gesetzt. Das Glück war in meinen drei kurzen Jahren auf dieser Welt nicht oft mein Wegbegleiter. Auch das Tierheim, wo ich schließlich landete, war alles andere als erträglich. Wir hatten kaum Kontakt zu den Pflegern. Sie kamen nur morgens und am späten Nachmittag zum Füttern. Tagsüber blieben wir alleine. Ich hatte einen kleinen Jackie-Welpen mit in meine Zelle bekommen. Auf der einen Seite war ich glücklich, dass ich Gesellschaft hatte, aber auf der anderen Seite war es mit der Ruhe vorbei. Das schlimmste war, dass er mir ständig in den Hals biss und kratzte. Ich hatte schon richtig schlimme Verletzungen. Aber es kümmerte sich niemand darum. Auch die kleinen Häufchen und Pfützchen von meinem Zimmergesellen wurden nur abends weggemacht. Heute ist wieder „Gassigehtag". Wer mich wohl ausführt? Vielleicht auch niemand, wie schon so oft. Ich bin einfach zu ungestüm, belle und springe alle Leute an. Es kann auch passieren, dass ich vor Aufregung und Freude kratze und mich festkralle. Das mögen wohl die wenigsten Menschen. Ich höre schon Stimmen. Sie kommen immer näher in meine Richtung. Eine Frau rief ganz freudig, als sie mich entdeckte: „Oh, ein Jack Russell und dann auch noch so ein hübscher!" Sie steckten ihre Finger wie bei Hänsel und Gretel durch den Drahtverschlag, um mich zu streicheln. Das erwies sich aber als sehr schwierig, denn ich hüpfte schon wieder, als hätte man mir 'ne Sprungfeder eingebaut, fast auf Augenhöhe mit den beiden Frauen. Endlich! Die Tür wurde geöffnet und ich angeleint, sie wollten doch tatsächlich den Alptraum eines

Spazierganges mit mir erleben. Es ging los, an Feldern vorbei durch den Wald. Ich lief rechts, links, manchmal auch geradeaus und während ich lief, pinkelte ich auch. Die Zeit war viel zu schade, um lange nach einer geeigneten Pinkelstelle zu suchen. Das erledigte ich gleich in einem Abwasch. Es kam auch vor, dass ich Pipi und Kacki zusammen erledigte, wenn ich es eilig hatte, in den Wald zu kommen. Es war ein einziges unkoordiniertes und anstrengendes Gassigehen, die beiden Frauen hatte ich in kürzester Zeit geschafft. Es ging wieder zurück. Tja Justin, wieder 'ne Chance vertan! Warum bin ich nur so? Ich bekam aber immerhin noch ein Leckerchen und wurde ganz lieb verabschiedet. Abends lag ich in meinem viel zu großen kalten Plastikkorb ohne Decke und konnte nicht einschlafen. Jerry, der kleine Welpe, hatte sich zu mir gelegt. Ihm fehlte wohl noch die Nestwärme. Ich verstehe sowieso nicht, warum dieser kleine Schatz hier sein muss, warum kann ihn nicht eine Pflegerin mit nach Hause nehmen? Er braucht doch noch so etwas wie Mutterliebe. Jerry ist erst 16 Wochen alt. Meine Gedanken sind immer bei den beiden netten Damen, die mich ausgeführt haben. Ob sie wohl wiederkommen? Zwei Tage später geht mein Traum in Erfüllung, sie stehen wieder vor meiner Tür und wollen mit mir Gassigehen. Ich kann mein Glück kaum fassen. Ich hörte, wie sie Conny, der Pflegerin sagten, ich ginge ihnen nicht mehr aus dem Kopf, ich sei so ein süßes Kerlchen und gemeinsam mit einer Hundeschule bekämen sie mich wohl in den Griff. Oh, das hört sich ja fast wie eine Befreiung aus dem Tierheim an, jetzt sind meine Freude und Aufregung so groß, dass ich mich gar nicht mehr in der Gewalt habe. Ich zittere, als säße ich in der Waschmaschine, wo der Schleudergang eingestellt ist. Heute war auch der Sohn von der einen Dame dabei, der Benny. Er streichelte mich ganz lieb und versuchte mich zu beruhigen. Nach unserem Spaziergang gingen wir noch in das Freigehege des Tierheimes. Wir spielten mit dem Bällchen und legten uns dann gemeinsam auf eine Decke. Ich versuchte ein wenig zu kuscheln. Das kam sehr gut an, Dany, so heißt die eine Frau, bemerkte, „er kann ja auch mal ruhig sein!" Später teilten sie Conny mit, dass sie mich gerne haben möchten, sie hätten mich ganz doll in ihr Herz geschlossen. Da ich nur aus Haut und Knochen bestand, einfach spindeldürr war, erinnerte ich ständig an einen kleinen, dünnen Jungen mit Brille, den man einfach beschützen und lieb haben muss. Am Wochenende durfte ich mit in mein neues Zuhause, das sind ja nur noch drei Tage. Ich kann kaum noch schlafen, an essen ist überhaupt nicht mehr zu denken, alles bleibt mir am Gaumen kleben, weil mir vor lauter Aufregung die Spucke wegbleibt!

Endlich ist es so weit, Dany, Benny und Brigitte, so heißen meine neuen Familienmitglieder, sind da. Ich versuche mich mit aller Kraft zu benehmen. Es gelingt mir sogar einigermaßen. Ich darf neben Benny hinten auf dem Rücksitz liegen. Fühle mich jetzt schon wie zu Hause, alle sind so lieb und streicheln mich nur. Nach einer längeren Fahrt, ich musste unterwegs noch mein Fressi auf den Sitz spucken, weil es mir gar nicht gut ging, kamen wir in meinem neuen Zuhause an. Es stand ein ganz kuscheliger Korb, nicht so ein Plastikteil wie im Tierheim, für mich bereit. Benny hatte eine große Dose mit tollen Leckerlis in seinem Zimmer stehen, das habe ich gleich gerochen. Und mein neues Frauchen, die Dany, taufte mich als erstes ganz feierlich bei einer Schüssel Wässerchen für mich und einem Gläschen Sekt für sie in Ernie um. Das war ein Trugschluss, denn ich legte nicht gleichzeitig mit meinem neuen Namen meine negativen Eigenschaften ab. Ich verhielt mich weiterhin wie ein Justin. Klaute alles was nicht niet- und nagelfest war! Selbst eingeschweißte Kartons und geschlossene Türen waren für mich kein Hindernis, ein Versuch war es zumindest immer wert. Ich blieb nicht alleine, heulte das ganze Haus zusammen, benutzte den Teppich von Frauchen als öffentliches Pissoir und betrachtete jeden Besucher als Sexualobjekt, indem ich ihn anpoppte. Selbst vor der 90jährigen Oma Lotti machte ich nicht halt, ich klammerte meine Beine um ihren alten, klapprigen Körper und juckelte los, als gebe es kein Frischfleisch mehr. Das passierte auf einer Geburtstagsfeier! Die meisten Gäste verließen fluchtartig das Wohnzimmer, weil ich bei jedem Versuch von Frauchen oder Benny, mich von der Oma zu reißen, meine Zähne fletschte. Was bilden die sich eigentlich ein, mich in so einer erotischen Situation zu stören! Als Frauchen aber mit einem Schweineohr lockte, war mein Sexualobjekt nicht mehr so interessant. Ich ließ von Oma ab und die fiel vor Erschöpfung nach hinten in die Sofakissen. Die Geburtstagsfeier war durch mich empfindlich gestört. Am nächsten Tag wurde beratschlagt, wie es weitergehen sollte. Frauchens Nerven lagen blank. Sie waren sich sicher, ich solle wieder zurück ins Tierheim. Oh Gott, bloß das nicht, dann haue ich bei der nächstbesten Gelegenheit ab. Bennys Oma war der gleichen Meinung, weil ich mich nicht mit Amy, Omis Jacky-Mädchen, auch aus dem Tierheim verstehe. Amy ist eine ganz ruhige, obwohl sie erst drei Jahre alt ist. Spielen ist nicht so ihr Ding. Ich habe natürlich am ersten Tag sofort versucht, sie anzupoppen, da habe ich aber gehörig einen auf die Schnauze bekommen. Sie ist so hübsch, ich muss ständig um sie rumtanzen und hochspringen, um ihre süße Schnute zu erhaschen. Aber sie steht wohl nicht auf mich, ich habe keine Chance, werde nur weggebissen, verstehe ich überhaupt nicht! Ich finde mich absolut toll und unwiderstehlich! „So, was ist nun, habt ihr euch entschieden? Bleib ich hier, oder geht es wieder zurück? Macht doch nicht so ein Drama daraus, seid froh, dass ihr endlich mal einen Kerl im Haus habt, ich zeige euch schon, wer hier das Sagen hat!" Die Familie hat beschlossen, dass sie es mit einer Hundeschule versuchen möchte. „Was ist das denn? Muss ich hier etwa noch Fremdsprachen lernen? Da soll Frauchen mal lieber hingehen, die versteht ja noch nicht mal meine Sprache! Lass den Lehrer man kommen, der wird auch gleich wieder gehen!" Drei Tage später klingelt es an der Tür, ich bin natürlich der Erste vor Ort, belle, was meine Lunge hergibt und höre überhaupt nicht auf das „aus", „Platz", „Tierheim" von Frauchen. Je mehr sie schreit, desto aufgeregter werde ich. Tolles Spielchen, warum wird sie immer lauter und zerrt an meinem Halsband? Was ist hinter der Tür? Will einer meinem Frauchen was Böses tun? Ich muss wohl eingreifen und belle immer lauter, endlich öffnet sie die Tür, sie hält mich fest. Ach, der Hundetrainer und sein Kollege stehen vor uns, das wittere ich doch gleich! Als sie im Flur stehen, riss ich mich los und attackierte bereits den ersten Mann. Schön am Hosenbein festgekrallt, lasse ich meinem Trieb freien Lauf und weil er nicht auf mich reagiert, pinkel ich ihm gleich noch die Hosenbeine voll. Inzwischen habe ich vom Schüler zum Cheftrainer gewechselt und benutze ihn als Juckelpalme. Auf die ich Frauchen wohl in den letzten 10 Minuten sprichwörtlich auch gebracht habe. Benny,

Frauchen, Oma Brigitte und Amy standen im Kreis um uns herum und sahen mit entsetzten Blicken zu. Das war mein Einstieg in die Hundeschule. Nach einiger Zeit wurde es ziemlich langweilig; die beiden Männer reagierten nicht mal 'ne Sekunde auf meine Spielchen. Sie unterhielten sich nur mit Frauchen und Oma Brigitte. Mich würdigten sie nicht eines Blickes. Ich verzog mich in meine Hundebox und dachte mir neue Attacken aus. Plötzlich hörte ich den doofen Hundetrainer sagen: „Also, wenn es mein Hund wäre, würde ich ihn sofort wieder ins Tierheim zurückbringen, er ist ein hoffnungsloser Fall, den können wir nie erziehen!" Frauchen und Oma fingen fürchterlich an zu heulen, so schlimm hätten sie mich gar nicht eingeschätzt. Der Trainer äußerte noch, man könne es auch gar nicht bezahlen, es würde eine Ausbildung ohne Ende werden. Nach zwei vollgeweinten Kleenex-Boxen erweichten Frauchen und Omas Tränen wohl sein Herz. Er schlug uns vor, eine seiner Schülerinnen, die schon kurz vor der Prüfung stand, zu uns zu schicken. Sie müsse sich selbst ein Bild von mir machen, um dann zu entscheiden, ob ich noch zu retten sei. Und einige Tage später stand Susanne auf unserer Schwelle. Sie gefiel mir und schon während der Begrüßung gingen meine Testosterone mit mir durch. Ich hing wie ein Kletteraffe an ihrem Oberschenkel und stellte ihr zur Begrüßung meine ganze Palette an Sexualpraktiken vor. Aber irgendwie hatte ich das Gefühl, dass sie mich nicht als tollen Hecht ansah, sie zeigte keinerlei Gefühle. Ich ließ sie völlig kalt. Ihre Unterhaltung mit Frauchen wurde einfach fortgesetzt. Irgendwie kam ich mir ganz schön blöd vor. Vielleicht muss ich nur härtere Geschütze auffahren. Manche Weiber stehen ja auf beißen und kratzen. Gedacht, getan, ich biss, was das Zeug hielt. Aber auch damit landete ich nicht bei ihr, sondern wieder in der Hundebox. Den Weibern kann man aber auch nichts recht machen! Nach einer Stunde ging Susanne mit nass gepisster Hose. Ich weiß, das war gemein von mir. Aber nachdem sie Frauchen mit Verhaltensregeln gefüttert hatte und mir mittlerweile der Magen knurrte, wusste ich nicht wohin mit meinem Übermut. Am Freitag wollte sie wiederkommen. Meine neue Familie saß am großen Tisch und sprach über mich. Ich verstand nur, „Tierarzt und Eier ab". Frauchen sagte, der Trainer Marc hätte Erfahrung, ich würde dann viel ruhiger werden. Wenn er es sagt, wird es wohl stimmen, aber was genau mit mir passieren soll, habe ich nicht so richtig rausfinden können. Vielleicht darf ich keine Eier mehr essen! Ich hab keinen Bock mehr, hier in der doofen Box zu sitzen und fange an zu nerven. Es wirkt, sie lassen mich raus. Mir ist alles auf den Magen geschlagen, mein Darm grummelt auch, ich entleere mich bequem auf dem schönen weichen und weißen Teppich und pinkle noch mal im hohen Bogen gegen das Tischbein. Selber Schuld, wenn sich schon keiner um mich kümmert, werden sie mich jetzt wenigstens riechen. Wenig später hatten sie auch die Nase gestrichen voll, nicht nur von meinem Haufen, sondern von mir. Es wurde mal wieder beratschlagt, mich zurückzubringen. Ich glaube, jetzt wird es ernst, ich muss mich ab heute zusammenreißen und versuchen ganz lieb zu sein. Am nächsten Tag musste die gesamte Familie für einige Stunden weg. Ich blieb das erste Mal alleine. Mir wurde schnell langweilig, schlafen wollte ich auch nicht, das war sowieso nicht mein Ding, nur nachts. Ich lief von einer Ecke in die andere und bellte aus voller Kehle. Zwischendurch heulte ich auch nochmal kräftig wie ein Wolf. Nichts geschah, keiner kam. „Wie können die es wagen, mich alleine zulassen?" Nachdem ich schon fleißig den Tisch abgeräumt hatte, ging ich weiter auf die Suche nach irgendwelchen Dingen, getreu nach dem Motto „schau danach, was anderen Freude macht, dann wird klar, wie du sie ärgern kannst!" Und schwups, ich wurde fündig, Frauchen strickte gerade an einem Pullover, die Wolle war gut versteckt hinter der Couch in einer Tüte und in Plastik eingeschweißt. Aber für mich kein Problem, jedes Paket wurde sorgfältig aufgerissen und gleichmäßig über Couch, Sessel, Stühle, Tisch und Schränke verteilt. Das nennt man Hundehandarbeit, Frauchen wird sich bestimmt wundern, dass ich das so gut kann. Als ich den Möbeln einen Pulli in xxxxxxl gestrickt hatte, fiel ich in mein Körbchen und das soll schon was heißen. Ich, Ernie schwächelte. Plötzlich ging die Wohnzimmertür auf und Benny stand auf der Schwelle. An seinen Augen erkannte ich, dass er meine Strickkunst nicht leiden mochte, aber zumindest lustig fand. Er hielt die Hände vors Gesicht und prustete laut los und verschwand heftig lachend in sein Zimmer. Wenig später kam Frauchen zurück. Ich sollte mal wieder ins Tierheim und wurde in die

Box geschickt, danach hatte sie noch ein längeres Gespräch mit Susanne, meiner Trainerin. Was hab ich bloß wieder falsch gemacht?
„Undankbare Zweibeiner"
Susanne war der Meinung, ich sei eben ein ganz besonderer Jackie. Ein Fall oder eine Aufgabe fürs ganze Leben. Dany müsse viel Geduld aufbringen und absolut konsequent sein. Bei mir müsse man ganz von vorne mit der Erziehung anfangen. In kleinen Schritten und ich würde viel, viel Zeit, Mühe und Kraft kosten. Sie darf nicht immer so schnell die Hoffnung aufgeben. Man kann einen Garten ja auch nicht düngen, indem man nur durch den Zaun furzt. Jetzt bin ich schon ein paar Monate hier in meiner neuen Familie, aber gelernt habe ich außer ein paar Kunststücken noch nicht wirklich viel. Da bin ich irre gut. Wenn Frauchen „peng" sagt, falle ich um und spiele tot, bis sie mich wieder laufen schickt. Ich kann auch winke, winke machen. Mit beiden Pfoten abwechselnd links und rechts. Gestern habe ich gelernt, wie man sich in eine Decke einrollt, zum Schlafen. Tanzen kann ich auch, sogar in beide Richtungen. Heute hat Benny Geburtstag, da kommt ganz viel Besuch, Frauchen steht schon seit Stunden in der Küche und zaubert Leckereien. Ab und an fällt auch mal etwas für mich ab, spätestens dann, wenn das eine oder andere Teilchen auf dem Boden landet. So, Frauchen ist fertig, der Tisch ist auch schon gedeckt und die vielen Torten, Kuchen, Käse, Butter und vieles mehr warten auf die Gäste. Es wird peinlichst drauf geachtet, dass ich ja nicht alleine im Wohnzimmer bleibe. Also muss ich die leckeren Gerüche durch die Tür genießen. Frauchen geht ins Bad, sich hübsch machen. Ich bemerke ganz nebenbei, dass die Küchentür angelehnt ist, und schwupp bin ich auch schon drin. Gibt es hier noch etwas Verwertbares? Ich springe aufgeregt an den Küchenschränken hoch, nichts. Alles weggesperrt. Dann entdecke ich den Mülleimer, den hat Frauchen vergessen. Mhm, lecker da ist ja noch jede Menge drin. Ich werde den erstmal auskippen und kontrollieren. Gesagt, getan! Alles wird fein säuberlich auf dem Küchenfußboden sortiert und wie das riecht, wie im Schlaraffenland. Ich kann mein Glück kaum fassen, da höre ich die Tür von Bennys Zimmer auf und wieder zuschlagen. Was ist da los, hab ich irgendetwas nicht mit bekommen?

Ich laufe in den Flur, Siehe da, die Tür zum Land, wo Milch und Honig fließen steht offen, Ben ist ein Schatz.

Schnell noch einen Blick Richtung Bad riskiert, aber es kommt kein Kommentar wie „untersteh dich" oder „tabu". Ich sprinte los. Wie ein fressgieriger Lüstling lecke ich mir genüsslich über das halbe Gesicht. Dabei läuft mir der Sabber eimerweise aus dem Maul. Eigentlich ist das eklig, aber so ist es nun mal, wenn man einen Garten Eden vor sich sieht. Mit einem überfallartigen Angriff springe ich auf den Esstisch und bombardiere die Käseplatte. Ein großes Stück steckt quer in meinem Maul und die passende Butter fege ich gerade vom Tisch, als Frauchen in der Türöffnung erscheint. „Ernie, aus, Tabu, Tierheim!" Sie wagt es wirklich, mir diese schönen Dinge wegzureißen, ist sie lebensmüde? Ich reagiere mit fletschenden Zähnen und versuche das riesige Stück Käse runterzuschlingen, bin schon kurz vorm Erstickungstod, als Frauchen versucht, zumindest noch die Butter vor mir zu retten. So, jetzt ist Schluss, ich will schließlich auch was vom Geburtstagstisch haben. Mit einem Satz schnelle ich nach vorne und beiße Frauchen ins Bein. Danach ist sie erstmal mit sich selbst beschäftigt und ich kann in Ruhe meine Beute vertilgen. Vielleicht habe ich ja noch Zeit für einen Nachtisch. Eventuell die Schüssel mit der Sahne, Mhm....

Aber Frauchen lockt mit einem Leckerchen. Komisch, ist die gar nicht böse auf mich? Sie wirft es in meine Hundebox und ich Trottel lauf hinterher. Peng, Tür zu, gefangen. Und wieder höre ich, wie Frauchen mit Susanne telefoniert, sie sei mit ihren Nerven am Ende, ich sei schlimmer als ein kleines verzogenes Gör, ich hätte nur Spaß am Pissen, Kacken, Fressen und Beißen, an so einem Hund hätte sie keinen Spaß mehr. Susanne redete auf sie ein und versuchte Frauchen zu beruhigen. Sie wolle am Nachmittag noch vorbeikommen und mit mir trainieren. Was die wohl mit mir trainieren wollen, ich wollte doch nur ein wenig Geburtstag mitfeiern. Was ist denn so schlimm daran? Die Zweibeiner nehmen sich doch auch das, was schmeckt und werden nicht dafür eingesperrt. Außerdem freut Frauchen sich noch darüber, wenn es denen schmeckt, bei mir schreit sie nur rum! Ich könnte eventuell mal versuchen, nicht mehr so wild zu sein. Und vielleicht wäre es ja auch besser, ich würde nicht mehr ins Wohnzimmer pinkeln. Es klingelt, ich höre Susannes Stimme und spiele in meiner Box verrückt, ich will raus, will Susanne auch begrüßen. Los, kommt endlich her und holt mich aus dieser blöden Box raus. Ich mache ein Spektakel, das nicht auszuhalten ist. Irgendwann müssen die mich doch mal freilassen! Aber da habe ich mich wohl getäuscht, sie setzen sich an den Tisch und trinken Kaffee. Ich werde mal wieder nicht beachtet, auch soooon dooofes Spiel. Endlich, nach langer Zeit, ich war wohl vor Erschöpfung ein wenig eingenickt, öffnet Frauchen meine Knasttür. Wie ein geölter Blitz schieße ich auf Susanne zu und attackiere sie wie ein anstaltsreifer Vollidiot. Beißen, kratzen, anpinkeln, anpoppen, ich ziehe das ganze Register, bis ich empfindlich gestört werde. Es knallt eine Kette neben mir auf den Boden. Ich erschrecke mich und lasse sofort von meiner Trainerin ab. Langsam schleiche ich Richtung Flur. Nebenbei registriere ich, dass die Schlafzimmertür offensteht. Nur mal kurz reinschauen, es sieht alles so anders aus, das Bett steht jetzt rechts, der Schrank vorne, mein Korb in der anderen Ecke und es riecht penetrant nach frisch bezogener Wäsche. Aber das kann man ja gleich ändern, ich springe aufs Bett und pinkle im hohen Bogen über das gesamte Bettzeug. So, fertig, das hat Frauchen jetzt davon, ohne mich zu fragen, einfach unser Schlafzimmer umzubauen, die spinnt wohl! Wenn einer das Sagen in diesem Haus hat, dann wohl ich! Oh, da liegt Frauchens Brille, mal schauen, ob sie mir steht, gestaltet sich als äußerst schwierig, sie mit beiden Pfoten auf die Nase zu bekommen. Knirsch, knirsch, ein Glas zerspringt in tausend Scherben und sie landen alle auf der Bettdecke. Das ist mir nun zu gefährlich. Ich verpiesel' mich lieber in meinen Korb, etwas ausruhen, habe ja noch Training mit Susanne.

Wie der Tag für mich ausging, könnt ihr euch wohl denken. Strikte Anweisungen von der Trainerin, ab sofort bekomme ich kein Futter mehr aus dem Napf, ich muss es erarbeiten, absolutes Sofaverbot u.s.w.

Ich arme „Sau." Mittlerweile liegen einige Monate harter Arbeit mit Susanne hinter uns und Frauchen sagt des Öfteren zu mir, „Erni ist jetzt voll der Streber".

Heute Abend geht es mir nicht so gut, ich war gerade Gassi mit Benny und Opa. Irgendetwas hat mich gebissen, mein hinteres Beinchen tut mir ganz schrecklich weh. Ich fühle mich ganz doll schlapp und verziehe mich in die Box. Nach ein paar Stunden suchte Frauchen mich, ich krieche voll wackelig aus meiner „Zelle", kann mich kaum auf den Beinchen halten. Als Frauchen mich sieht, gebärdet sie sich völlig hysterisch. „Ernie, was ist mit Dir, wie siehst Du aus?" Ich hatte Backen so dick wie Tennisbälle. Sie rief Oma an, die wohnt unter uns es war bereits Mitternacht, aber Omi war gleich oben und diagnostizierte einen anaphylaktischen Schock, wie müssten sofort zum Tierarzt. Den hatte Frauchen zwar schon angerufen, aber der tippte auf einen eventuellen Wespenstich und riet uns, den zu kühlen. Ich kippte zwischenzeitlich immer mehr um. Oma und Frauchen rasten mit hoher Geschwindigkeit los. Als wir beim Doc ankamen, machte dieser ein sehr ernstes Gesicht und zog sofort eine Spritze auf. Ich hatte schon Untertemperatur. Der Doc sagte uns dann, wenn wir nicht gekommen wären, hätte ich es nicht überlebt. Wahrscheinlich ein Kreuzotterbiss, auf den ich allergisch reagiert hätte. Mittlerweile habe ich mich erholt, aber das war sehr knapp. Frauchen hat danach so richtig gemerkt, wie lieb sie mich hat, Und ich versuche jetzt, so gut ich es kann, mich zu benehmen. Vieles haben wir Susanne zu verdanken. Wenn sie nicht gewesen wäre, hätte ich heute nicht dieses schöne Leben bei Frauchen, Benny, Omi, Opi und Amy. Wer weiß, wo ich abgeblieben wäre.

Eines Tages möchte ich über mein Leben sagen können es war nie langweilig. Und ich durfte viele Menschen zum Lachen bringen.

Euer Ernie

Hilf den Schwachen, wenn Du stark bist.

Respektiere die Alten,
wenn Du jung bist.

Schenk Freude an die Traurigen,
wenn Du fröhlich bist.

Denn es kommt der Tag in Deinem Leben,
an dem Du selbst schwach, alt und traurig bist!

Elmar Rassi

*Lasse dein Herz keine Straße sein,
auf der Jeder mal ein Stück gehen kann.*

*Mache es zu einem Ort,
den nur diejenigen erreichen,
die es auch wirklich verdient haben.*

Harry und Lisbeth, oder die Kaffeefahrt auf der Autobahn

Tante Lisbeth und Onkel Harry sind auf dem Weg von Flensburg nach Kiel, sie wollen ihren Neffen besuchen. Für Onkel Harry ist eine Wattwanderung schon eine Fernreise, also dieser Törn heute lässt in ihm ganz sicher das Gefühl einer Weltreise aufkommen. Eigentlich dürfte mein Harry gar kein Auto mehr fahren, er ist mittlerweile 79 Jahre alt. Aber wie fühlt man sich, wenn man den Führerschein freiwillig abgibt. Zudem würde ein großes Stück an Selbstständigkeit verloren gehen, aber so, wie Harry fährt, kann eigentlich gar nicht viel passieren; ganz gemütlich und sich durch nichts aus der Ruhe bringen lassen. Diese Gedanken gingen Tante Lisbeth durch den Kopf, als sie pünktlich um 11 Uhr aufbrachen. Onkel Harry hatte wie immer seine Volksmusik-CD eingelegt. Die Kastelruther Spatzen begleiteten sie schon soweit Tante Lisbeth zurückdenken konnte. Auch der Picknickkorb mit Pfefferminztee und zwei liebevoll geschmierten Stullen durften auf keinen Fall fehlen. Das gehörte einfach zum Ritual. Gutgelaunt und vor sich hinpfeifend tuckerte Harry ganz gemächlich mit Tempo 70 auf der Autobahn vor sich hin. „Meine Güte", schrie Tante Lisbeth plötzlich auf, „sind die denn alle blöd? Fahren wie die Rennfahrer an uns vorbei und hupen wie die Gestörten!" „Bleib ganz ruhig, mein Muscherle", tröstete Onkel Harry, „das sind bestimmt ganz junge Leute, die haben alle noch nicht die Fahrpraxis, wie ich sie habe, nur schnell ans Ziel kommen und dann sehen wir sie irgendwann im Straßengraben liegen!" „Da hast du sicher Recht, mein Harrylein, von denen wollen wir uns nicht die gute Laune verderben lassen! Fahre du immer schön vorschriftsmäßig und lass dich nicht bedrängen." „Lissimaus, schau mal, sind die Kühe nicht hübsch? Die stehen ja voll im Futter, das sind die so genannten „Schwarzbunten" mein lieber Gott, was leben wir hier nur schön." Mittlerweile attackierten die Autofahrer Harry schon bitterböse mit dem Stinkefinger. Worauf Tante Lissi einflocht, „wir könnten stolz auf unsere Tochter sein, so etwas würde sie nie tun, Harry, oder? Warum sind die hier alle nur so fürchterlich aggressiv? Wir sind doch nicht in Hamburg!" Dass inzwischen mindestens 5 Autos an seiner Stoßstange klebten, registrierten beide nicht. Auch die Lichthupe deutete Lisbeth als Wetterleuchten in Schleswig-Holstein. Plötzlich drückte Onkel Harry die Blase, er musste dringend Pipi machen. Wann kommt nur die nächste Abfahrt. „Lissimaus, siehst du bitte mal auf die Karte, wann die nächste Ausfahrt erscheint, dort wird es ja sicherlich ein WC geben. Ich fahre mal etwas langsamer, dann kannst du besser gucken," sprach es und drosselte die „Wahnsinnsgeschwindigkeit" von 70 auf 50 Kilometer pro Stunde. Alles hupte und machte sich äußerst aggressiv bemerkbar, während sie den alten Jetta von Onkel Harry und Tante Lisbeth überholen. „Das ist bestimmt 'ne Hochzeitsgesellschaft", meinte Lissi, „die zu spät dran sind, dafür müssen wir aber Verständnis zeigen!" Endlich kam der heiß ersehnte Rastplatz in Sicht und sie erhaschten zum Glück einen Parkplatz, direkt vor dem WC. Harry schoss sofort los und Tante Lisbeth ging sich ein Eis holen. An der Kasse lief das Radio. Sie hörte gerade noch die Verkehrsfunkmeldung, dass der Stau, welcher sich auf der A7 hinter Flensburg gebildet hat, mittlerweile dabei ist, sich aufzulösen. Die Ursache sei wohl ein älteres Ehepaar gewesen, welches die vorgeschriebene Geschwindigkeit nicht eingehalten hatte und nun vermutlich die Autobahn verlassen habe. Tante Lissi leckte genussvoll an ihrem Eis und ging zum Auto zurück. Stolz blickte sie auf Onkel Harry, der ihr schon voller Sehnsucht entgegenkam. „Harrybärchen, stell Dir vor, eben war ein Stau hier auf der Autobahn, der hat sich aber inzwischen aufgelöst. Hast Du etwas davon bemerkt? Da haben wir ja richtig Glück gehabt." „Nein, dann kam mein Pipi ja gerade richtig", erwiderte Onkel Harry im erleichterten Ton, „sonst wären wir wohl direkt da hineingeraten. Wie so etwas nur immer passieren kann, was sind wir nur für Glückspilze!" Mit bester Laune bestiegen sie wieder ihren antiken Jetta in Popelgrün. Harry versuchte verzweifelt auf die Autobahn zu fahren. Hinter ihm machten bereits mehrere Brummifahrer ein Spektakel, dass Tante Lissi sich die Ohren zuhalten musste. Endlich entdeckte Onkel Harry eine Lücke und sah seine Chance kommen: Mit quietschenden Reifen schoss er wie ein Starfighter auf die Einfädelungsspur. Wau, Tante Lissi wusste gar nicht, wie ihr geschah, ihr Harry wirkte so unheimlich jugendlich, fast draufgängerisch. Ihr schwoll die Brust vor lauter Stolz, die Nippel entflohen der Erdanziehungskraft und streckten sich gen Himmel. Sie fühlte sich fast 30 Jahre jünger. Aber das nützte Harry leider nicht viel, denn auch die Einfädelungsspur hat mal ein Ende. Und genau an diesem blieb er wieder stehen, weil niemand ihn auf die Autobahn ließ. Harry hatte das Gefühl, die Brummifahrer wollten ihn anschieben, so dicht klebten sie an seiner Stoßstange. „Keen Tied hebbt de Lüd mehr", brummelte er vor sich hin. Nach endlos langer Zeit wagte er einzuscheren. Viele schossen an ihm vorbei auf die linke Spur und veranstalteten ein Hupkonzert, dass Onkel Harry meinte, sein Jetta würde von dem Sog im Graben landen. Er beschloss deshalb, den Fuß etwas vom Gas zu nehmen und ein wenig die schöne Landschaft rechts der Autobahn zu betrachten, um sich nicht mehr über die Flegel auf der Straße ärgern zu müssen. Gerade kamen sie an einem großen Hundeübungsplatz vorbei. Tante Lisbeth war Feuer und Flamme, sie hätte auch so gerne einen Hund gehabt. Aber Onkel Harry meinte, dann müssten sie bestimmt auf ihre schönen Autotouren verzichten, weil die Hunde bestimmt das Geschaukel nicht abkönnten und womöglich noch in das Auto kotzten. Er hatte noch nicht einmal zu Ende gedacht, da setzte sich ein Passat mit mehreren Kindern beladen, direkt vor ihn. Onkel Harry musste voll in die Eisen gehen, aber etwas über 40 km/h fuhr er immerhin noch, als die Kinder anfingen, Fratzen zu ziehen, die Zunge rauszustrecken, Stinkefinger zu zeigen und sich über ihn lustig zumachen. Zu allem Überfluss betätigte der Fahrer des Passats noch die Scheibenwaschanlage, und das im Dauerbetrieb. Tante Lissi hatte das Gefühl, sie hätte schon nasse Haare. Endlich endete der Spuk, sie gaben Gas und weg waren sie. „Was war das denn," fragte Tante Lissi, „warum waren die denn so frech? Wir haben denen doch gar nichts getan, die kennen uns noch nicht einmal!"„Lissimaus, reg Dich nicht auf, erwiderte Onkel Harry, „das sind dumme Menschen, denen müsste man einfach den Führerschein abnehmen, behindern die Autofahrer und sich auch noch selbst!"

Endlich erreichten sie die Rader Hochbrücke. Tante Lissi wurde es ganz warm ums Herz, als sie die vielen Schiffe sah. Sie aktivierte sofort ihre alte Kodak und knipste ein Bild nach dem anderen.

„Harry, fahr mal etwas vorsichtiger, oder halte mal kurz an, sonst verwackeln die schönen Fotos!" Harry fuhr Schritttempo, seiner Lisbeth zuliebe. „So Muschilein, jetzt könnte ich aber gut einen Pfefferminztee und 'ne Stulle ab, nun haben wir uns aber eine kleine Pause verdient. Wir sollten auch noch mal in die Karte schauen, wo wir abfahren müssen, weil unser Neffe ja umgezogen ist." Doch Tante Lissi konnte keine Abfahrt Melsdorf finden. „Du Harry, ist unsere Karte denn noch aktuell? Die sieht ja schon bös zerfleddert aus!" „Lissy, die haben wir für unsere Silberhochzeitsreise nach Laboe gekauft und das war 1965, dann müssen wir uns wohl eine neue zulegen." Plötzlich verstummten die Kastelruther Spatzen für eine Verkehrsdurchsage. Das Radio war mit allen Schickimicki ausgestattet und vom Wert bestimmt höher anzurechnen, als das gesamte Auto. Onkel Harry hatte es im Mediamarkt zum Sonderpreis erworben. Achtung, auf der A7, kurz vor der Abfahrt Rendsburg hat sich ein Stau von etwa 15 Kilometer gebildet. Verursacher ist ein älterer Autofahrer, der mit 50 km/h über die Autobahn tuckert und sich die Gegend ansieht. Die Polizei ist schon informiert. „Na, Gott sei Dank, dass wir das moderne Radio haben", meinte Harry, „hinter uns geht der Stau nämlich schon los, schau Dich mal um, Lisbeth, wie groß die Schlange schon ist!"
In Melsdorf hörte Klaus, der Neffe, die Verkehrsdurchsage und rief laut in die Küche, „Carola, kannst die Kartoffeln aufsetzen, Onkel Harry und Tante Lissi sind in etwa 30 Minuten hier, der Stau liegt „hinter" ihnen" und konnte sich ein kleines Schmunzeln nicht verkneifen.

Freiheit ist die Möglichkeit zu leben, wie du willst.
Cicero

Ich hoffe, meine kleinen Geschichten sowie Paulas Erlebnisse, oder wie immer man sie auch nennen mag, haben Ihnen Spaß bereitet und eventuell auch etwas nachdenklich gestimmt.
Vielleicht konnte ich Ihnen auch ein paar neue Erkenntnisse über sich selbst vermitteln.
Vermutlich haben sie sich auch in der einen oder anderen Anekdote wiedergefunden bzw. selbst mit durchgemacht.

Der gute Wille ist das Kostbarste im Leben.
Francois de la Motte

Ich möchte hier ausdrücklich betonen,
dass etwaige Zusammenhänge,
mit Namensgleichheiten rein zufällig sind.